故事会
精品系列

讽喻故事

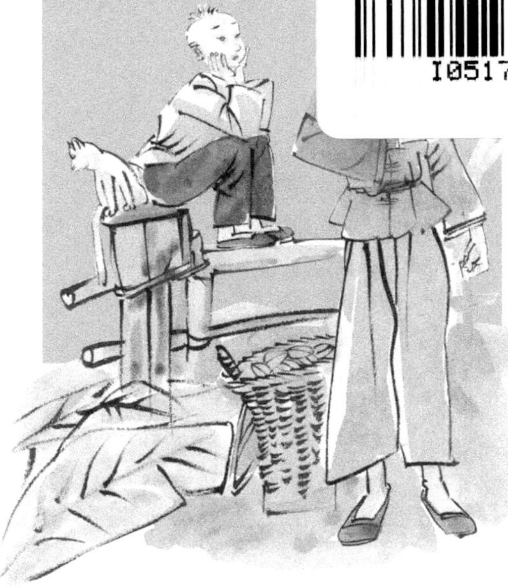

 上海锦绣文章出版社
上海故事会文化传媒有限公司

上海文艺出版（集团）有限公司

图书在版编目（CIP）数据

讽喻故事 《故事会》编辑部编 – 上海：上海锦绣文章出版社
（故事会精品系列） ISBN 978-7-5452-0585-5

Ⅰ．①讽…Ⅱ．①故…Ⅲ．①故事 作品集 中国 当代 Ⅳ.I247.8
中国版本图书馆 CIP 数据核字 (2010) 第 058710 号

丛 书 名：故事会精品系列

书　　 名：讽喻故事

主　　 编：何承伟

编　　 委：何承伟　 吴　伦　 姚自豪　 夏一鸣

责任编辑：刘迎曦　 鲍　放

装帧设计：王　伟

责任督印：张　凯

出　　　　 版：　上海锦绣文章出版社

　　　　　　　　上海故事会文化传媒有限公司

POD 海外发行：　中国图书进出口上海公司

　　　　　　　　电话：021–36357888

　　　　　　　　传真：021–36357896

　　　　　　　　地址：上海市虹口区广中路 88 号

　　　　　　　　邮编：200083

目　　录

乐 极 生 悲

福祸相依,否极可以泰来,有些人安定过了头,未必不会悲从中起。

倒霉号码

　　小王买了部新手机,选号的时候发现有个号码后四位数是8888,不由心中一阵惊喜:这么好的吉祥数,竟然被自己碰上。可是选号费一定很贵,小王怯怯地问店主,谁知店主竟回答他说:"你喜欢就拿走,我只收号码卡的钱,你不用另外付选号费。"

　　小王一听简直不敢相信,他生怕店主话出口了又反悔,赶紧将号码卡的钱付了,拔脚跑出商店。一路上,他越想越开心,回到家里,特意将手机铃声设置成喜鹊的叫声,美其名曰:喜鹊叫,好事到。

　　新手机开通后,小王兴奋啊,正准备给哥们打电话,还没拨号呢,"喜鹊"突然叫了起来。小王挺纳闷:怎么回事?我手机号码都还没说出去呢!他一接听,手机里传来一个恶狠狠的男中音："你还敢接电话啊？有本事就一直关机。告诉你，就是跑到天边我也要找到你！"

小王差点被这吼声震晕，等回过神来，对方已经把电话挂断了。小王估计一定是对方拨错了号码，可是新手机第一次用就平白无故挨顿臭骂，他想想有点窝囊。

这天晚上，小王和哥们去饭店吃饭，一杯酒还没喝完呢，喜鹊又叫开了，一接听，是个女人的声音："你这个没良心的王八蛋，这些天扎到谁的裤裆里去了？你不答应我的事，我就跟你没完！"

小王一听，真是气不打一处来："你是谁？"

那女人的嘴巴也厉害："你装什么大头蒜？我是你亲娘！"

小王被那女人骂得说不出话来，只好气呼呼地把手机给关上了。他哪里还有心情再吃吃喝喝下去，找了个借口就和哥们告辞了。

难道这个女人也是拨错了号码？老是平白无故地挨骂，小王再也没有了当初选号时的惊喜和兴奋。到后来，只要喜鹊一叫，小王心里就慌，别在腰间的手机他越看越像个定时炸弹。万般无奈之下，只好常常把手机关了。

这天下班路上，小王有急事要打电话，刚开了手机，还没来得及拨号，喜鹊又抢先叫开了。小王一听，里面传来一个十分友善的声音："你好，我从老家给你捎来点东西，现在就在西区公园柳林里等你，你快来把它拿了去。咱们不见不散呀！"

小王觉得这声音很陌生，从老家给自己捎东西来的会是谁呢？他想问个清楚，可是对方已经关机了，小王只好愣愣地往西区公园赶。

到那里时已近黄昏，他狐疑地朝柳林里走，半路上突然蹿出三条大汉，不问青红皂白上来就将他一顿暴打。小王抱着头拼命喊："打错人啦！你们打错人啦！"

三人中的一个黑大个掏出手机一按,一阵清脆悦耳的喜鹊叫声立刻从小王腰间传出来,黑大个气呼呼地吼道:"没错,就是你!打死你这个禽兽不如的家伙,给我妹妹报仇!"

于是,一阵猛拳雨点般的朝小王头上、身上落下来,等他鼻青脸肿地挣扎着从地上爬起来的时候,那三个人早没了影。

小王当然立刻报警,警察赶到后问他挨打的原因,小王只是痛苦地摇头。这时,喜鹊又叫起来了,小王吓得根本就不想再接听,赶紧将手机关了。警察觉得很奇怪,问他为什么,他就把事情的来龙去脉说了一遍。

警察好像有点明白了,问他:"你的手机号码是多少?"

小王垂头丧气地说:"刚买的,$139 \times \times \times \times 8888$。"

警察一听,点点头:"原来如此,怪不得会出这么多麻烦。"小王不解:"怎么,这个手机号有问题?"

警察一边给他拍去身上的尘土,一边告诉他说:"实话跟你说吧,你用的这个手机号码,原来是地税局局长孙大炮的,他五毒俱全,被抓了。拍卖赃物时,这个手机号一直没人要,后来被一个卖手机的老板拿了去⋯⋯"

听到这里,小王明白了,他狠狠地朝地上吐了口血痰:"呸,原来都是那家伙惹的祸,这么好的吉祥号,被他一过手就变成倒霉号啦!"

(李燕翔)

(题图:李 加)

局长报销

刘局长是从一个小科员"熬"上来的。刚当局长那会儿,样样事情都很检点,可时间长了,他心里的那根"弦"渐渐松了下来。

一天,他对妻子说:"别看我这个局长官不算大,可权力大得很呢,不信我给你打赌:你要啥东西,尽管去买,只要我在发票上签个字,就能让司机拿去报销。报得了,今后在家里你得把我当大爷侍候着;报不了,我把你当王母娘娘。怎么样?"

妻子很高兴:"好啊,一言为定!"

当晚,妻子上街给自己买了一套三百元的套装,回家后把发票交给刘局长。刘局长接过一看,撇撇嘴说:"才三百元? 真是小儿科!"他龙飞凤舞地在发票背面批了四个字"同意报销",然后签上自己的大名。

第二天,妻子把发票交给刘局长的小车司机,司机拿去财务科,果然全数报了。

妻子见报销这么容易,就刹不住手了,隔了一天,她买回一副八百元的金耳环,刘局长又签字"同意报销"。又买回一条二千元的金项链,刘局长还是照样签字"同意报销"……

只一年多时间,妻子想有的都有了,她很满足。

一天,妻子突发奇想,想给刘局长开个玩笑。这天晚上,刘局长喝得醉醺醺地回到家里,妻子先给他沏了杯茶,然后拿出一张条子,刘局长看都不看,拿起笔来就签:同意报销。

妻子接过条子哈哈大笑:"你看你,这也能报销?"

刘局长一愣,酒醒了,拿过纸条一看,原来这是自己以前写的一份个人履历。他火了,破口大骂:"妈的,这是老子的命根子,你也要报销?"

可是,世上的事就是这么巧!没过几天,刘局长因贪污受贿被检察院查办了。他哭丧着脸,对前来探监的妻子说:"你看,这下真把老子给报销了。"

（邓耀华）

（题图：李　加）

给美女洗澡

刘三毛是个健壮的小伙子，进城打工后，每月有了几百元的收入，就生出了花心。他听说车站附近有不少"拉客女"，就去撞了一回"桃花运"，谁知道还没有碰到"桃花"的皮儿，就被几个壮汉揍了一顿，还给敲去了二百块钱。

刘三毛再也不敢动真格了，只能退而求其次，来点精神享受。下工后，他就一个人在马路上转悠，路过书报亭的时候，两只眼睛直勾勾地盯着那些美女封面胡思乱想。还觉得不过瘾，就又去看商店门面上的美女广告牌，看得直流哈拉子。

这天，刘三毛下工后又在街上逛，对着一个身着泳装的广告美女流了一阵哈拉子之后，他突然发现这个广告牌的支架上贴着一块巴掌大的招聘广告，上面写着：急招男性清洗工若干名，学历不限;工作内容,给美女洗澡。天下竟有这等好事? 刘三毛盯着"给美女洗澡"几个字,看得眼睛发直,当即按照广告上的地址,找到了那家公司。

刘三毛迫不及待地问接待他的"小胡子":"广告上说的,可是真的?"

小胡子点点头:"本公司就是干这个的。"

刘三毛又问:"那些美女让……摸?"

小胡子反问道:"不摸怎么洗?"

刘三毛低头看看自己身上,自惭形秽地问:"像我这样,能不能干这个?"

小胡子打量了刘三毛一眼,说:"当然可以,有力气就行。"

看小胡子回答得这么爽快,刘三毛顿时兴奋起来。不过,他立刻想到了自己的名声问题:干这种事,万一传出去怎么办? 可再一想:自己在城里又没什么熟人,怕什么? 于是,他就对小胡子说:"我有的是力气,我报名了。"

小胡子立刻递给他一张纸,说:"你看仔细了,报名的话,就签协议。"

刘三毛接过一看,这是一份给美女洗澡的工作协议,内容就是广告上说的那些,只是工资太低,还不及自己原来的一半。但他想:低就低吧,服务好了,那些美女还能不给小费? 想到这里,他毫不犹豫地在协议上签了字。

第二天,刘三毛兴冲冲来公司上班,小胡子给他一架梯子、一个水桶、一块抹布,然后把他领到大街上,指着迎面一块广告牌说:"你今天的任务,就是给这个美女洗澡,她可是当今最红的歌星啊!"

刘三毛一看傻了眼:我的娘,这就是给美女洗澡哇?

(曲凡杰)

(题图:魏忠善)

吃喝有讲究

　　星期天上午,边远山区一个县文化局的局长侯大武,带着他的秘书和几个同事从省城一路驱车往回赶。中午时分,车到德阳市,他得意地对大家说:"中午饭不用咱们自己掏钱,我有个同学叫金子昂,在这里当税务局长,今天正好'放放他的血'。"大家一听,高兴得不得了。

　　侯大武翻出通讯录,打通了金子昂的手机,说现在已经到了他的地儿,想找他喝几杯叙叙旧情。不料金子昂却回话说,他现在正在北京出差。大家闻言,个个沮丧不已。

　　不过此时,电话那头又传来了声音:"大武啊,既然到了我这儿,我可不能不管。这样吧,你现在把车开到银元酒店去,对总台说是我的朋友就行,埋单不用你操心,保证没问题。兄弟,不好意思啊,下次我一定亲自奉陪。"

　　侯大武知道,金子昂说的"银元",是这个市里最有档次的酒店了,见老同学这么仗义,他一迭声地对着手机连声道谢,然后驾车直奔银元而去。一刻钟后,他们的车就停在了酒店门口。

　　侯大武刚下车,就有领班过来问:"你们是税务局金局长的朋友吗?"见侯大武点头,领班忙点头哈腰地说,"金局长已经打来电话,让酒店马上给你们安排最好的雅间。"说完,便把他们一行人引到二楼东头的"君王"包厢。

　　坐了一会儿,侯大武见服务员老不问他们点什么菜,就说:"我们还要赶路,请你拿菜单来,我们把菜点了。"服务员笑着回答说:"金局长早就给我们老板说过了,只要是他的朋友到这里来吃饭,都按最高标准安排,所以你们不用自己点。"侯大武一听,激动得不得了,他真想不到金子昂会有这么大的气派,而且对自己这个边远山区的同学也没有低看。

　　半个小时后,开始上菜了。

　　侯大武问大家喝什么酒,大家说:"侯局长喝什么,我们就喝什么。"侯大武今天成心想为金子昂撑撑面子,于是就对服务员说:"来瓶五粮液吧!"谁知服务员又是一笑:"君王包厢从来不上国产酒,连茅台酒都摆不上桌面。客人进了这里,都喝洋酒。"说着,就有人送来两瓶包装精美的法国名酒。

　　侯大武惊得舌头都卷了,好半天才问出一句话:"那……那这一桌饭菜连酒水得花多少钱?"服务员说:"今天这一桌具体是多少我也不太清楚,不过君王包厢的最低消费标准,一餐是六千元。"这个价一报出,大家惊得手里的筷子都差点抖在桌上。

　　很快,菜上齐了,摆在他们面前的不是天上飞的、水里游的,就是树上爬的、洞里钻的,很多菜都是过去从来也没看到过、也没有听到过的。大家吓得不敢动筷子,侯大武心里也没底,不过还是硬撑着说:"吃,大家吃,今天这些可都是名贵珍稀菜,我同学这么抬举我,大家就不必客气了,吃饱喝足!"

大概吃了半个小时,银元酒店的总经理进来了,虽然长相不济,可十个手指上戴满了金戒指,那气派也真够唬人的!他给自己斟了一杯酒,然后激动地对大家说:"我刚接到金局长的电话,特意赶回来看看各位贵客。金局长不在没关系,他的朋友就是我的朋友,来,咱们为友谊干杯!"总经理一连给大家敬了三杯酒,之后,拍着侯大武的肩说:"我还有点事要处理,只能失陪了,几位请慢用吧!"他再三吩咐服务员好生伺候大家,随后就离开了包厢。

老同学居然这么给足自己面子,侯大武心里真是爽啊,于是吃得更香,喝得也更欢了。

吃罢喝罢,他的手机响了,又是金子昂打来的:"大武啊,酒菜怎么样,还合口味吧?老板来敬酒了吗?如果他不来,你告诉我,下次整死他!"

侯大武忙说:"看你说的,老板专门从外面赶回来给我们敬酒。"

"那就好。这回真是太不巧了,下次再路过,我一定陪你好好喝一喝,玩一玩。你们今天吃好了只管上路,不用签单……"金子昂在那头说了好一会,才把电话挂了。

可这边,侯大武挂了电话后总觉得不签单有点不妥,于是就叫秘书去总台签一下。可秘书很快就回来了,说:"侯局,总台说不用签,他们市里没有谁会有这么大的胆量敢冒充金局长的朋友混饭吃。"

侯大武一听,说:"那好,我们上路吧。"

没想临行时,酒店总经理又送了他们一条价值三百元的芙蓉王烟。总经理对侯大武说:"这是我的一点心意,你们路上用。"侯大武不好意思接,总经理把脸一沉,说,"你不接,那就不够朋友了。我早说过,金局长的朋友就是我的朋友,既然咱们都已经是朋友了,你们就不要见外了嘛!"总经理硬把烟塞进侯大武手里,把他们送上车。车开出很远了,他还站在那里不停地招手。

这一来,车内的气氛就异常活跃起来,大家直夸金子昂金局长重感情,讲义气,出手大方。侯大武因此非常得意,便说像这样讲交情的朋友,他有好多个,不过都分散在各地,因为各自都忙,所以难得见上一面。一番话,说得大家对他的人际关系羡慕不已。

正当侯大武讲得口水四溅时,他的手机再次响了,他一看是堂弟的号码,忙打开接听。

堂弟是向他诉苦来的,气愤地说:"哥,我原以为德阳市的投资环境好,就把厂迁到这里,可哪想到几个关键部门的头头都是吸血鬼,专门吸外来投资人的血,尤其是税务局那个姓金的局长,一点人味都没有,我来才几个月,已经三次为他那些乱七八糟的酒肉朋友埋单了。我想他总有个限度吧,就忍着一直没好意思说,可是刚才不知从哪里来了一伙王八蛋,到银元酒店海吃海喝了一顿,姓金的又来电话要我去埋单,哼,你想都想不到,一顿饭竟然吃掉六千三百元!唉,哥,你交际广,在德阳有没有说话的朋友?你帮我打个招呼,请税务局关照一下,要不然,我好不容易建的厂没多少时候就会垮的啊!"

正巧这时候车子一阵颠簸,侯大武只觉得胃里如翻江倒海一般,"哇"地一下全吐了⋯⋯

(吴　为)

(题图:严克勤)

北纬三十度

都说这官当得大了,肚皮也就跟着大起来。官越大,肚皮就越大,不知是不是都这样?反正老谢就是这样。

老谢是城建局的头,可因为掌握了大部分市政工程,大伙都叫他"谢总"。这几年,谢总的肚皮以惊人的速度迅速地向外延伸,皮带是早已约束不住了,只好在西裤上加了个背带,不光能把裤子吊住,还显得既年轻又时髦。只是因为腰部太鼓了,裤子只好往上提,看上去那样儿总有点怪。

眼见着肚子一天比一天大,谢总有点担心了,这样的大肚皮影响形象不说,还有点腐败的嫌疑。在秘书的建议下,谢总请了几个专家,给自己的大肚皮会诊。

赵医生的观点很明确:喝啤酒是导致肚皮大最主要的原因。

但这个观点立刻被谢总的秘书否定了,秘书说:"谢总只喝五粮液,很少喝啤酒。"

钱博士是生理学家,他觉得人到中年自然发福,肚皮大属正常生理现象。可谢总自己觉得这说法缺少说服力,中年人瘦的街上多得是。

孙学者是心理学家,他认为:肚量大的人肚皮就大,要不怎么会说"宰相肚里能撑船"呢?可谢总新近娶的那个年轻漂亮的媳妇一听就翻白眼,说:"他连自己一起过了二十多年的媳妇都容不下,还说他气量大?"

风水先生是谢总请来的贵客,他让大伙都说完了,才开金口:"我对人的肚皮素无研究,对阴阳八卦倒是略知几分。正所谓事事相通,我看,这问题出在北纬三十度线上。"

谢总听不懂:"什么'北纬三十度线'?它和我的肚皮有什么关系?"

风水先生说:"北纬三十度线是一条魔鬼线,凡是在这条线上的,都有说不清的问题。"

谢总的秘书觉得风水先生这是在故意卖关子,有点不以为然。

风水先生看出了秘书那点心思,就稍稍展开说:"我说的这可是科学!地球上的很多自然之谜,都发生在北纬三十度线上。埃及金字塔和狮身人面像,你们肯定知道吧?还有撒哈拉大沙漠、百慕大三角区……总而言之,凡是和这沾上边的,都有说不清的问题。"

听风水先生这么一说,谢总不禁害怕起来,急着说:"你不要吓我啊,这些与我可是风马牛不相及的!"

风水先生笑了:"你慢慢听我说,你的这个大大的肚皮就好比一个地球,你的裤腰本来应该是在赤道线上,"他边说边用手在谢总肚子最鼓的地方比划了一下,"可你偏偏把它往上提,放到了这里,你瞧,这不正好是北纬三十度的地方吗? 有问题,肯定有问题。"

谢总将信将疑,不过他还是决定立刻把裤子的式样改一改,裤腰往下放,南纬三十度,这样总该没问题了吧?

可没等把裤子改好,他就被纪委双规了。

据说就是这次"专家会诊"之后,他便得了个"北纬三十度"的雅号。更要命的是,风水先生那"有问题,肯定有问题"的话也传开了,传到后来,就变成了:"喂,听说了吗?'北纬三十度'有问题,肯定有问题,据说还是说不清的问题。"

纪委不知道事情的来龙去脉,只觉得民愤太大,不能不查了。一查,果然有问题!

（陈海龙）

（题图:李　加）

老婆的账本

　　阿毛的老婆有个账本,上面密密麻麻地记满了阿拉伯数字,每次只要她把账本拿出来,阿毛就要打哆嗦。为啥?老婆的这个账叫"节约明细账",对阿毛来说,简直就是"收骨头账"。

　　譬如说吧,前几天阿毛老婆托熟人给买了台冰箱,便宜了几百块,冰箱刚拉回家,阿毛老婆就记账了。阿毛在一边看到,说:"明明是打了折的,你咋记原价呢?再说商店本来就搞活动,就是没关系,也能打八五折呢。"老婆白了他一眼:"那不管,咱得按原价算。"阿毛老婆买任何一样东西,只要是比原价低的,她都要记两个价,一个是原价,一个是买入价。嘿嘿,不管什么东西,多少差价一目了然,都在本子上记着哩!

　　这天吃过晚饭,老婆把她的账本摊在阿毛面前,说:"老公,这是我半年里省下来的钱,你付账吧!"

"啊?"阿毛跳了起来,"凭什么要我付钱?"

老婆眼一瞪:"这差价的钱本来都是应该要拿出去的,我省下了不就等于是你省下了么?少废话,把钱拿来!"

好嘛,这个老婆!简直比商场里的老板还黑啊!老婆要收阿毛的骨头,阿毛有啥办法?他只好自己安慰自己:谁让她是自己老婆呢?唉,反正钱没出家门,给她就给她吧!可是他拿起账本不看则已,一看真是吓了一跳,上面"累计"两个字是老婆特意用红笔圈出来的,整整五千二百块呀!"天哪,老婆呀,你可真会过日子,半年里你就给我节约了这么多?"

阿毛张了半天的嘴还没等闭上呢,老婆就一把揪住了他的耳朵:"怎么?不想给是不是?"

阿毛只好连连求饶:"给给给,给给给。"

过了不到一个星期,这天,老婆又拿出她的账本,笑眯眯地对阿毛说:"老公,我今天用半年省下来的五千块钱买了一件羊绒大衣,便宜啊!"

阿毛一听,伸手摸摸老婆的额头:"现在春天刚过,你买羊绒大衣,没毛病吧?"

谁知老婆嘴皮子一翻:"你傻了吧?现在换季打折,羊绒大衣特便宜,六折就买到手了,比在冬天买,最少要省二千块呢。对了,这二千块钱也是我省下来的,你也得给我。"

"什么?"这回阿毛实在忍无可忍了:这女人也太蛮横无理了吧?不能她说省多少就给多少啊?自己得亲自去验证。于是隔了一天,他抓空拉着老婆去了那家商场。

还别说,商场里果然挂着老婆买的那种款式的大衣,营业员见来客人了,马上热情地迎上来,介绍说:"现在我们换季促销,这件大衣打三折,机会实在太难……"

营业员还没介绍完,阿毛也还没来得及做声,阿毛老婆却吃不住劲地喊起来："什么什么，打三折？不是前天还打六折的吗？"

营业员满脸堆笑地解释说："是啊，前天还打六折，今天一下子就打了三折，你们碰上好运啦！不瞒你们说，这款大衣打六折挂了两个月，总算那天卖出一件。老板看看行情实在不行，只好忍痛出血啦！"

这件事对阿毛老婆打击太大了，她好不容易撑到家，倒在床上就昏迷不醒了。阿毛忙前忙后，医药费花了二千八，才算把她弄醒。

老婆睁开眼睛，直愣愣地瞪着阿毛，阿毛凑过去问她："醒啦？想要啥？尽管说！"

老婆咽了口唾沫，费力地说："还不快……快去看……看大衣涨……涨价了没……"

（竹　均）

（题图：安玉民）

比 "酷"

　　四个老同学，老张、老王、老杨和老李，已经好久不见了，这天他们相约一起吃顿饭聚聚。

　　一番觥筹交错之后，老张打开了话匣子，说："咱们几个也是有身份、有地位的人物了，这穿着上不能掉价。就我来说吧，职业白领，这衣服得上档次呀！喏，就这条裤子，世界名牌，上海买的，得上万块一条呢！"说着，他把裤腿往上拉了拉，让大家看。

　　老王在一家跨国公司当副总，听了老张这番话，他笑着接口道："就是，就是！俗话说得好，'人靠衣装马靠鞍'哪！看我这条裤子，是上个月去巴黎谈判时，巴黎时装设计师亲自给量身定做的，五千欧元呀，穿上去就是精神，没给咱中国人丢面子……"他说到这里，冲老张晃了晃脑袋。

　　喝得醉醺醺的老杨憋不住了,说:"嘿,你这算啥?五千欧元,不就五六万块人民币么?"老杨这几年承包了三家工厂,当然财大气粗,"不是和你们吹,看我的!"老杨边说边神气活现地撩起他的西装下摆,"你们看这裤腰,是镶金边的,裤袋口是镶钻石的。这条裤子的价格,嘿嘿,说出来怕吓死你们! 十五万哪! 出门在外,这身价不就来了?"他说完,也不看旁边老同学一眼,抓起桌上的酒杯继续"咕咚咕咚"地喝起来。

　　这时,在一旁一直喝闷酒的老李倏地站了起来,一把解开他的裤腰带,拉出了里面的白裤衩。大家吓了一跳,以为他喝多了酒要发酒疯,正要上去拉住他,只见他脸憋得红红的,情绪冲动地说:"你们一条外裤才值十几万,而我呢,看看,光这条小裤衩,就是三十万!"

　　老杨一听跳起来了:"胡吹,就算是黄金打的裤衩,也值不了三十万呀!"

　　老李捶胸顿足地说:"真是三十万,我不骗你们。我前几天去夜总会时喝多了,和坐台小姐去了包房,这裤衩就落到了她手上。她奶奶的,居然拿着这玩意儿威胁我……要拿去检察院……没办法,老哥我花了三十万才拿回来的呀!"

　　　　　　　　　　　　　　　　　　　　　　　(周　磊)

　　　　　　　　　　　　　　　　　　　(题图:李　加)

警车追击

　　歌星阿毛是个大忙人，经常是一天之内要赶好几个场子。
　　这天，他在一个小城市演出，刚下舞台，助手兼司机阿威就把手机递给他，说："省演出公司刘经理刚才打了好几个电话过来，叫我们千万别误了晚上的演出时间。"原来阿毛跟刘经理签过协议，晚上七点之前要赶到一百公里外的省城剧院，去参加另一场演出。
　　阿毛看看表，离七点只差一个小时了，他边上车边给刘经理回电话，告诉刘经理尽管放心，自己一定会准时赶到，保证误不了场。阿毛所以这样自信，是因为司机阿威开车的本事可不一般，人家是赛车队刚刚退役的主力队员，开起车来那才叫快，一个小时赶到省城绰绰有余。

不过虽说如此，阿毛也不敢掉以轻心，一路上他老催阿威快点再快点，阿威于是就加码再加码，最后车速开到了180迈，车子简直就像飞起来似的。

马上就要到省城入口处了，阿毛突然看见路边停着一辆警车，一个长着满脸络腮胡子的警察正挥手示意阿毛停车。阿毛心里一惊：坏事，刚才车速太快了，这要让警察逮住，罚款事小，耽误时间事大啊！他立刻命令阿威："冲过去，绝对不能停，咱们没时间和他啰唆。"

阿威笑道："那当然，你瞧好了！"说着，油门一轰，车子"嗖"的一下蹿出好远，把那个警察远远甩在了后面。

这下可捅了马蜂窝，警察一看阿毛居然敢不停车，跳上警车就追，一边追，一边还"嘟嘟嘟"地按喇叭。

阿威害怕了，问阿毛："咱停车吧，看样子，那警察是不会放过咱们了。"

阿毛一瞪眼说："你现在还敢停车？没看见他那个拼劲？这警察肯定脾气不小，现在被他抓住麻烦更大。算了，咱们只能先顾眼前了，等到了省城，我再找人摆平吧！"说罢，想了想，又拿出手机来，说，"我马上给刘经理通个电话，看他交通队有没有熟人，给咱说个情。"

可不知咋的，他的手机这时候一点信号也没有。此时，他忽然发现前面正好是个岔路口，灵机一动，连忙对阿威说："快下去，走土路，咱们车好，甩了他！"

阿威机灵得很，连忙将车头一拐，他们的车于是立刻下了公路，一颠一颠地在坑坑洼洼的乡村土路上跑起来。哪知后面的警车也不示弱，竟然也下了公路，继续追上来。这下阿威有点慌，因为毕竟他对这里的地形不熟，车子顺着乡村小道一会儿走村庄，一会儿串集镇，很快就晕头转向找不着北了。不过庆幸的是，他们再回头瞧的时候，后面的警车早不见了影。

阿毛抬腕一看表，离七点开演只有十分钟了，该往哪走才能到省城啊？两人无奈，只好边开车边问，这就耽误了不少时间，等好不容易赶到省城剧院，已经超过上场时间一刻钟了。

刘经理脸色铁青，见了阿毛就埋怨："你怎么到现在才来？观众在下面闹翻了天。告诉你，这场演出砸了的话，你不但一分钱没有，还得赔偿我们违约金。"

阿毛一边往场上走，一边道歉："对不起，刘经理，我们不认识路，耽误了点时间。"

"啥？"刘经理诧异道，"就怕你们不认识路，我专门请示派了辆警车，记下你们的车牌号，到进城入口处去接。难……难道你们没……没碰到？"

（段海斌）

（**题图**：安玉民）

灵机一动

　　牛大哈的脑袋有多灵光,只要看他那双贼溜溜的小眼睛就知道了。厉害的是,他那才上小学二年级的儿子,竟比他还机灵!

　　这天晚饭后,父子俩去散步。走在林阴道上,牛大哈的心情特别好,他悠悠地迈着八字步,抽着"红塔山",抚着儿子的小脑袋,得意地说:"嘿嘿,我的儿子嘛,聪明,聪明!这回考两个第一,爸爸星期天要好好奖赏你!带你去游乐场,怎么样?"他说着,将抽了一半的烟往地上一扔,兴致勃勃给儿子做起了空中飞车的动作,"这回要让你玩个痛快!"

　　"太好啦!"儿子一听,蹦了个三尺高。

　　可就在这时候,有人朝他们猛喝一声:"站住!"

牛大哈一愣,抬头看,只见迎面走来一位戴红袖章的大爷。大爷严肃地对牛大哈说:"你刚才乱扔香烟,罚款十元!"别看这大爷一把年纪,声音却震天响,开口说话的时候口水会溅出来,长长短短地沾在胡子上。

牛大哈脑子一转,笑呵呵地说:"大爷,您看错了,我刚才不就是烟掉了嘛!"他说着,弯腰从地上将那半支烟捡起来,"你看,还剩这么长一截,哪舍得扔?"他边说边把烟叼进嘴里,点上火,继续咂了起来。

大爷哪有牛大哈脑子转得快,他反倒没了辙,知道自己对付不了牛大哈,只好气呼呼地说:"你小子别再让我逮住,看我怎么治你!"说完,背过手悻悻地走了。

牛大哈冲大爷的背影"呸"了一口,得意地笑着:"嘿,想跟我斗?你没这本事!"

不料儿子在一旁开口了:"爸爸,你抽的烟不是你自己的!我知道乱扔垃圾要罚款,所以刚才老大爷跟你说话的时候,我趁他没看见,把你扔的烟踩脚底下了。你看——"

"什么?"牛大哈"腾"地跳上了半空,"那我……我抽的是谁的烟?"

"是老大爷的。我看到老大爷跟你说话的时候,他自己手里的烟掉地上了,可他不知道。"

"啊?"牛大哈顿时愣了半晌。

想起刚才大爷那唾沫横飞的样子,他只觉得自己嗓子眼里"翻江倒海"起来,终于忍不住,"哇——"呕了一地……

（冷　空）

（题图:李　加）

特殊服务费

小城物价局新来了一位主任,杨科长特地挑了个周末,借给新主任接风的机会,安排大家到城里最大的新城酒店去吃一顿,饭后还有娱乐唱歌。大家难得凑在一起这么疯乐,所以一直玩到深夜一点多,才余兴未尽地分手。

杨科长让大家先走,自己留下来结账,没想酒店出具的账单把他吓了一跳:总共十个人,一个晚上居然花去了二万多元。杨科长心里一声骂:好啊,这个黑心酒店,居然坑到我们物价局头上来了!

他正要开口好好训斥他们一顿,可眼睛往账单上一瞄,心里就一个"咯噔":账单上菜的价格和别的酒店相差无几,但多了一笔"特殊服务费"。杨科长想:吃饭唱歌途中,这位新主任顶多也就出去抽了一支烟,哪有工夫接受小姐的特殊服务?可总不见得去问他到底有没有这回事吧？于是只好把账结了。

过了周末，到星期一上班，杨科长拿了发票让新主任签字报销。新主任一看，不由皱起了眉头："这是怎么回事？就吃吃饭、唱唱歌，要那么多钱？"

杨科长不能多说什么，只好小心翼翼地提醒道："这……酒菜的价格倒没什么，就是……就是特殊服务费多了些。"

新主任不解："什么特殊服务费？"

杨科长不知道怎么说，愣在那里不出声。

新主任立刻明白过来了："你是说，我接受过那种特殊服务？"

杨科长不知道自己是该点头还是该摇头，所以还是愣在那里不出声。

新主任顿时大发雷霆："你把我想成什么样子了？"

杨科长一看新主任这样子，立刻明白这回是被酒店坑了。他气呼呼地跑到酒店，把经理叫来："你知道我们是哪里的吗？"

酒店经理笑着直点头："知道，当然知道了，物价局的嘛！"

杨科长气坏了："知道你还敢坑我们？说吧，这特殊服务费到底是怎么回事？"

酒店经理立刻赔着笑脸解释道："是这样的！昨天晚上你们才唱了一会儿歌，就吓死了我们酒店隔壁人家的四条宠物狗，他们上门来坚决要求索赔，我们没办法，只好赔给他们了；还有，你们闹了这么久，至少把来就餐的客人给吓跑了一半，想想你们难得来，我们不忍心扫你们的兴，所以当时就由着你们了，只是想来想去，这笔损失费无论如何我们独自消化不了，所以只能请你们帮忙承担其中一部分了。就因为考虑你们是物价局的，所以特地给你们打了折扣，要是换了别人，哪止这个数哇！"

杨科长一听，呆愣在那里。

（郭东晓）

（题图：顾子易）

啼 笑 皆 非

人生百态,有人自鸣得意,有人斤斤计较,有的弄巧成拙,有的却歪打正着。种种荒唐的事儿,让人哭笑不得。

资深时代

　　有个老太太,在街边摆了个免费茶水摊,被城管人员掀了,老太太挺生气,决心找市长絮叨絮叨。老太太打听准市长接待的日子,天不亮就去了。

　　要见市长的人很多,秘书按医院的办法给大家挂号,按号进去。

　　老太太挂了个 66 号,心里挺高兴,心想:六六大顺,这回肯定顺利得很。谁知市长只接待了五十多人就到了下班时间了,秘书于是很有礼貌地宣布:"有书面材料的,可以把材料留下;没有书面材料的,请到下个接待日再来。"

　　大家一听,只好散了。

　　老太太腿脚慢,落在后面。这时,她看见一个老头递给秘书一张精美的名片,秘书看了看,进去请示,过了一会出来说:"市长请您进去——"

老太太不走了,等老头出来,就问他:"你那纸片上写的什么?"老头说:"资深教授。市长的老师还是我的学生呢,所以市长破例接见了我。"

老太太一听人家是教授,还资深,服气了。

到下一个接待日,老太太比上回去得更早,这回挂了个44号。老太太有了上回的经验,自言自语地说:"也不见得就是事事如意。"

果然,43号还没出来,一个小胖子男人从门外进来,递给秘书一张烟盒纸,秘书看了看,赶紧进去。很快43号就出来了,市长也随后出来,对大家拱拱手说:"对不起大家,对不起大家,我有紧急公务,请下回再来吧。"老太太知道自己又落空了,一看小胖子走过自己身边,就用手拉拉他的袖子,低声问:"小伙子,你是资深什么?"小胖子愣了愣,随即笑了,低声说:"老太太,我是资深司机,我们老板让我来接市长去吃饭呢。"

老太太"哦"了一声:"原来司机也可以资深!"她若有所思地走了。

到了第三个接待日,老太太上午十点才出门,到了地儿,也不挂号,大模大样地递给秘书一个叠好的纸包。秘书接过,刚转身,老太太又叫住了他,附耳对他说:"年轻人,你不傻吧?这可是个人隐私,别看,别问,别说,交给市长就行。"秘书本来不想看,老太太这一说,他转过弯就拆开了。一看,纸包里是张美女照,玉照背后还写着两个字母"MM",吓得他赶紧照原样包好,仔细看看,看不出拆过的样子,才给市长送去。市长拆开一看,眼睛一亮,面无表情地对秘书说:"请她进来。"

老太太进去,看到市长目瞪口呆的样子,笑了笑,自我介绍道:"我是资深美眉。"

（张东兴）

（题图:李　加）

紧急文件999

大河县为了招商引资,费了九牛二虎之力,好不容易才邀请到一个实力雄厚的外商到本地考察。谁知道一考察就砸锅了:那外商本来有意投资办食品加工厂,不料在宾馆吃饭时竟然吃出了一粒老鼠屎。

全县最豪华的宾馆,饭菜里居然有老鼠屎,当地的卫生条件可想而知,这怎能办现代化的食品加工厂?一粒老鼠屎不是坏了一锅汤,而是毁了全县的长远发展规划。外商要"古的拜",大河县有关方面慌了手脚,好说歹求,外商才作了让步,说一个月后再来考察一次。

为此,县政府痛下决心,亡羊补牢,要在全县范围内迅速开展一次全民灭鼠运动。县政府办公室主任"铁笔刘"亲自起草紧急文件,严令各乡镇即日起行动,限期一个月,把老鼠消灭干净。

这份文件的文号是 999 号。

半个月过去了。这天,县政府由铁笔刘主持召开专题会议,要求各乡镇详细汇报对 999 号文件的贯彻落实情况。谁知参加会议的那些乡镇领导却在会上抓耳挠腮,你推我让了好半天,你看看我、我看看你,然后有的说正在组织群众学习文件,有的说正在逐级进行宣传教育,有的说正在准备组建专门机构……

铁笔刘听着听着就发了火:"文件已经发下去半个月了,灭鼠工作怎么还都停留在学习宣传阶段?你们都是干什么吃的?"

已经汇报过的个个缩起了脖子,正准备汇报的个个闭上了嘴巴。

正在这时,县政府所在地牛彼镇的牛镇长打破僵局要求发言。只见他红光满面,声音洪亮,一张嘴就震得窗户玻璃"哗啦哗啦"响。他说:"我们牛彼镇接到 999 号文件后,立即召开镇领导班子紧急会议,会上明确了灭鼠的目的意义,确定了方法步骤,制定了奖惩措施,建立了专门机构。然后镇领导分片包干,深入到镇属各村组,开展组织发动工作。目前,我们镇的灭鼠热潮早已在全镇范围内掀起,一浪高过一浪。"

铁笔刘听了满意地点点头,说:"很好,请你再讲得具体一点。"

牛镇长亮开嗓子继续朗声说道:"我们牛彼镇眼下的灭鼠情况是:党政军民学,东西南北中,紧抓灭鼠不放松;上自'龙头拐',下至'开裆裤',人人灭鼠争头功。可以这么说,我们镇的灭鼠工作,已经取得了辉煌的战果。据不完全统计,到昨天 12 时 54 分止,我们全镇已灭鼠 108345 只整。"

铁笔刘一听,激动得拍案而起:"好!我们需要的就是这种求真务实的精神,需要的就是这种雷厉风行的作风!"

谁知铁笔刘话音刚落,那些还没有汇报过的乡镇领导顿时都活跃起来,个个争先恐后地抢着汇报,他们取得的灭鼠成果虽然不及牛彼镇大,但成绩也都很可观,消灭的老鼠不是三万就是五万,铁笔刘听得眉开眼笑。

最后,就剩大碗乡的李乡长没有汇报了,铁笔刘开口点将:"李乡长,说说你们乡里的情况,怎么样?"

李乡长人称"泥腿子乡长",只见他大巴掌一挥,对铁笔刘嚷嚷说:"我们乡从来就没有收到过什么999号文件!"

"什么什么?"铁笔刘见李乡长如此态度,气得脸色铁青,"明明工作没做,还要找借口。其他乡镇都收到,怎么偏偏就你没收到?"

李乡长眼一瞪,冲着铁笔刘嗓门更响:"没收到就是没收到!"

铁笔刘火冒三丈,把茶杯当起了惊堂木:"渎职!完全是渎职!对你这种严重的渎职行为,我们必须从严查处!"

李乡长脖子一挺,说:"查就查,随你的便!"

会议结束时,铁笔刘总结宣布:牛彼镇的先进事迹和大碗乡的渎职行为,都将行文通报全县;灭鼠活动的开展情况,要和即将开始的干部年终考核任免工作直接挂钩,通过活动提拔一批优秀干部,罢免一批渎职干部。这话,当然是说给李乡长听的。

散会后照例要会餐,可李乡长说兴修水利农事忙,独自骑自行车回乡了。铁笔刘也不想留他,一把拉过牛彼镇的牛镇长,招呼着大家直奔宴会厅而去。

宴席上山珍海味自不必说了,不过这宴席是属于工作餐,所以铁笔刘尽管吃得直打饱嗝,也还没忘记最后嘱咐各位乡镇领导,回去后要进一步贯彻999号文件,在剩下的半个月之内干净、彻底地消灭所有的老鼠。然后,夜幕降临,酒足饭饱,铁笔刘领着大家到销魂舞厅去潇洒地"走"了一回。

直到凌晨两点,铁笔刘正要离场,不料被一位陪舞小姐拖住了:"先生,请小妹吃夜宵好么?"

铁笔刘脑子一转,试探道:"我请你吃夜宵,你请我进包房?"

这小姐回答得直截了当:"进包房一次二千元,先生可愿意?"

倒是铁笔刘愣住了:"二千元? 你想敲诈我?"

小姐摇摇头:"我哪敢敲诈先生您呢? 原因是您有份文件丢在包房里,小姐我替您保管半个月了!"

铁笔刘一听糊涂了,连忙要小姐拿出来看是什么文件。待小姐拿来一看,他惊出了一身冷汗,原来那文件正是 999 号文件的打印校对稿,后来根本就没有印刷下发呢!

铁笔刘慌忙一把将它抢过来,吩咐小姐:"这事儿你可千万莫往外传!"

小姐说:"要我不说可以,二千元保密费不算贵吧?"

铁笔刘朝她脸上捏了一把:"嘻嘻,你给我把它开到餐费里去不就是了?"

(尹全生)

(题图:张恩卫)

白雪公主

　　一辆长途客车突然出了故障,在马路上抛了锚,车上的旅客只好一个个走下车来,借此机会抽烟的抽烟,解手的解手,看风景的看风景。

　　在这些人中,最引人注目的是一位衣着华丽的夫人,因为她手里牵着一只毛色奇特的狗。

　　"嘿,这只狗真是可爱极了!"一个男青年一边抚摸着狗,一边赞叹道,"你看它的嘴多么小巧玲珑,眼睛水汪汪的,就像两颗黑葡萄。"

　　他刚说完,一位女士马上接上了:"你们看,它全身毛发白得就像雪一样,再配上脖子上这串黑项链,绝了!"

　　有人在一旁说:"你们这样夸它,也不问问这位夫人,这么好看的狗叫什么名字。"

于是几个人同时嚷起来:"对对对,请问夫人,这狗叫什么名字?"

夫人傲气十足地回答他们:"叫'白雪公主',是从美国买来的。"

"哟,这名字真是起得太妙了!"一位中年妇女也挤过来凑热闹,一边夸一边掏出一把花生米,放在白雪公主的面前。

可白雪公主只是眨巴一下它那水汪汪的眼睛,连嘴巴都懒得动一动,好像对面前的食物一点也不感兴趣。

夫人鼻子里"哼"了一声,嘴巴一撅,说:"这东西我的小公主从来不吃的!"

这时,一个上了年纪的男子走过来,蹲下身子对白雪公主说:"好乖乖,看我送给你什么好吃的……"他掏出一包巧克力,放在白雪公主面前。

可白雪公主只是张张嘴,伸出舌头舔了舔,还是置之不理。

夫人见了"嘿嘿"一笑,趁此机会神气活现地向大家炫耀道:"不瞒你们说,我这宝贝嘴巴可精了,每天吃的不是'肯德基',就是甲鱼汤! 要不……"

她说到这里,突然眉头一皱,捂起了鼻子。众人一愣,也紧跟着皱眉头。原来,离他们不远地方的一个拐角处,有个乡下孩子正蹲在那里解手,一股恶臭随风飘来,把这伙人的雅兴吹没了。

一个长发男人骂了声:"小狗日的!"

一位太太捂着鼻子骂骂咧咧:"造孽呀!"

可是,那白雪公主却像是受到了什么诱惑,鼻子嗅了嗅,"霍"地站起来,摇着尾巴朝那小男孩奔了过去,走到他的屁股后面,张开嘴巴就津津有味地舔起来。

夫人一看,惊叫起来:"我的宝贝哇,你怎么……"

一伙人看着,全都大惊失色……

(袁国杰)

(题图:李　加)

拍　马　脚

　　新处长上任没两天，就要刘干事陪他下基层厂去看看。刘干事觉得正好可以趁此机会在新处长面前表现表现，给领导留下个好印象，所以第二天特地穿了一身笔挺的西服，一上班就去新处长办公室报到。

　　可是刚进门，他就傻了眼，只见胖胖的新处长身着四个兜的"干部服"，脚蹬一双黑布鞋，正坐在沙发上等着他。刘干事顿时觉得自己西服、皮鞋上都长出刺来，扎得浑身难受。他想赶紧回自己办公室去把西服换了，可新处长见他来了，就起身准备下楼上车，没办法，他只好硬着头皮跟在后面。

　　一路上，新处长问东问西地和刘干事聊着，显得很随和。刘干事开始十分拘谨，不知道自己今天这一身穿着会给新处长什么印象,后来看看新处长似乎根本没在意,这才放下心来。

刘干事对上级领导向来有"投其所好"的本事,一宽了心,他那两只眼睛便又习惯性地"骨碌碌"转了起来。他渐渐发现,新处长虽然和他聊着,可却有点心不在焉,他心里吃不准:这是怎么回事?

车到厂门口,厂里的大小头儿全都出来迎接新领导,前呼后拥地陪着胖胖的新处长到各车间视察,然后又集中在会议室,详细地向新处长汇报工作。完了之后,便按照常规,邀请新处长在厂里"吃顿便饭"。

菜是早就准备好了的,厂长请新处长入席后,便端起酒杯走到餐厅中央致祝酒词。刘干事悄悄一瞥眼,发现此刻新处长瞅着桌上的酒菜,眉头渐渐锁了起来,而且越锁越紧,脸色也越来越难看。这里到底有什么名堂呢?刘干事心里不觉猜疑起来。

厂长致完词,回过头想请新处长说话,可是他满脸的笑容却突然僵住了。为啥?新处长不知道什么时候不见了人影。大家先是面面相觑,然后"刷"地一下把目光全投到了刘干事身上。

刘干事开始也有些发蒙:刚才自己光顾在心里猜疑,没留神,怎么一转眼新处长人就不见了呢?不过刘干事到底是刘干事,两秒钟以后,他"噌"地站了起来,声色俱厉地张口质问道:"你们知道处长为什么走吗?"

全场的人都怯怯地看着他,谁也没敢吭声。

刘干事指着满桌珍馐佳肴,说:"你们看看你们都干了些什么?同志们哪,这都是人民的血汗,作为一个有责任心的领导,他怎么能吃得下去?啊?"

在场大大小小的头儿们,一个个全都垂下了头。刘干事顿时心里涌起一股从来没有过的快意,他嗓门陡然提高了八度:"你们都是领导,都受过咱们党多年的教育,难道你们还不明白,这样吃吃喝喝,会使人民群众对我们有多失望,会与我们离心离德吗？啊……"

　　刘干事越说越激动，说着说着，竟猛拍桌子道："……这样的酒菜，我是咽不下去的。你们看着办吧。"他说完，就愤然离席，向餐厅门口走去。

　　谁料他刚走出几步，就见新处长闪进门来，一面用手巾擦着湿漉漉的手，一面不好意思地给大家打招呼："对不起，对不起，让大家久等了。昨晚上多吃了几块西瓜，这肚子就……"

　　下面的话新处长没有说出来，可大家听了不言自明，先是一阵低低的笑，转而爆发出哄堂大笑！

（沙　平）

（题图：李　加）

一张百元大钞

　　乡下有个叫刘金财的,这天到镇上买口铁锅,转来转去的,就转到了彩桥商场。

　　他看到鞋柜台前人很多,也上去凑热闹,猛地发现地上有张一百元的钞票,便悄悄捡起来塞进裤袋。可能因为太紧张了,他忽然觉得肚子里一阵闹腾,于是赶紧左寻右找,走进了对面胡同里的公共厕所。

　　这是个简陋的蹲式厕所,里面没人,刘金财挑了个靠隔山墙的档位蹲了下来,随手伸进裤袋掏手纸。没想到这一掏,他把自己刚捡的那张新刮刮的百元大钞"嚓"一声给带出裤袋,落下了便槽。随着一阵风,眼看着那张百元大钞又"嚓"吹进了隔山墙那一边的女厕所。

刘金财一看，坏了！他两眼扫扫四周，倒是没人，可问题是，地上连根可以去挑那张百元大钞的小竹棒儿也没有。看来看去，他只得挪个姿势伸手下去捡。好在那地方不算太深，他面孔向里，两腿撑开，双脚踏在便槽沿上，弯下腰用力朝底下伸出右胳膊，记准位置，三个指头轻轻一搭，总算是把那钞票给攥住了。

可哪晓得，就这节骨眼儿上，从隔山墙这道男女厕所的"三八线"那边，突然伸出一只手来，把他攥着百元大钞的这只手给紧紧攥住了。天哪，这虽然是一只女人的手，可手劲儿实在不小，刘金财用力将手往回抽，她那边就是死死拽着不放。

刘金财急了，刚要张口叫喊，猛地一想：不行，这可不比别的地方，自己一只手伸在那下面被女人拽着，自己咋能声张？他见隔壁女人光使劲儿却不吭声，断定她是冲这张钞票来的，便索性气沉丹田，捏紧钞票坚守"阵地"，想以男人的耐力取胜。

于是，就在这三八线上，男女两个展开了一场特殊的"拉锯战"。

也是合该刘金财不走运！要知道，此刻他脑袋冲着下面，屁股撅在上面，整个身子就像一只大虾似的，就靠两条腿那么斜撑着，身上虽有劲却难使到手上，更要命的是另一只左手还要提裤子，"临战地形"极为不利。而且，他越是攥得凶，那边就越是拽得狠，不大会儿，刘金财的手腕子一阵阵发麻，连他那提着的裤子也滑落到小腿下绊住了脚。终于，他忍不住额头"咚"地一声磕在隔山墙上，被磕得龇牙咧嘴，两眼直冒金花。

"妈妈的，罢，罢，罢！"他手巴掌一松，于是钱立刻被另一边那女的拽了过去。

刘金财恼怒地站起来，系好裤子，壮起胆儿绕到女厕所门口，发狠要抓住那个拽钞票的女人，可守了一会儿没见人影，这才想到：谁会这么傻？这工夫还不早跑了！再说自己又没看见那女人啥模样，就是这会儿还在，没凭没据的，我怎么抓人家呀？

他垂着头在街口上呆站了一会,又气哼哼地到街上兜了七八圈,最后非但连铁锅也没买,还误了回乡下的末班汽车。眼看着天上开始下起雨来,他摸摸额角上鼓起的大脚包,揉揉被掐紫了的右手腕,只好顶着雨点迈开两腿,又累又饿地往家赶。

回到家里,天早已黑了个透,可是一抬头,却见老婆今天格外地春风满面。

老婆见他两手空空回来,竟一反往常地什么也没追究,神秘兮兮地把脸凑过来,说:"老头子,我发大财了!"

刘金财鼻子里"哼"了一声:"有什么财好发?"

老婆喜滋滋地说:"今天你前脚刚走,我后脚也去了镇上,到彩桥商场对面胡同口的厕所里解手时,男厕所那边不知哪个王八蛋,拿了张一百元的钞票从下道里伸过来,想……"

"什么?那个死女人就是你?"刘金财一听,两眼瞪得溜圆。

(叶林生)

(题图:李 加)

有苦讲不出

　　采购员卜仕奎脑子非常活络,为人处事算盘打得精,人称
"不吃亏"。

　　这天,不吃亏去花莲联系业务。因为是第一次到那里,人生
地不熟的,他决定打车。不料,"的士"司机早已张网等待,他刚
一开口,人家"哗"地一下就围上来了。

　　不吃亏暗暗高兴:越有竞争越好压价。于是拉开嗓门大声
道:"去中华路,明码报价!"

　　这些的士司机们,有报二十五元、三十元的,也有报二十、十
五元的,最低价报了个十二元。不吃亏还想讨价还价,却被一个
身强力壮的年轻司机连拖带拉地塞进了车里,年轻司机斩钉截
铁地对不吃亏说:"十元。这是全市跳楼价了!"

　　不吃亏一听,又少了二元,心里乐了,点点头:"行,十元就十元吧! 中华路1号,送我到门口。"

　　车子一启动,不吃亏心里可得意了:要不是让他们竞争报价,我这回肯定被他们斩了。

　　可他做梦也没想到,的士才开出几步,拐了两个弯,停了。"咋啦?"不吃亏心里有点紧张:毕竟是第一次来花莲,难道司机要打他什么主意不成?

　　没想司机却轻松地告诉他:"到了!"

　　"到了?"不吃亏愣住了,"怎么就这几步路?"

　　司机笑了,狡黠地朝他眨眨眼睛:"没错。给钱吧!"

　　不吃亏急了:"就这几步路,你也收我十元?"

　　司机反驳道:"这是你亲口答应的,我可没硬逼你。"

　　不吃亏心里顿时凉了半截,哑巴吃黄连,有苦说不出,只得掏口袋付钱。

　　下车一看,他差点昏过去:这不就是我刚才叫车的地方? 原来,出了车站就是中华路。

(彭霖山)

(题图:李　加)

素质扶贫

刘家沟地处深山腹地,到处是光秃秃的山岭和巨石,就是风调雨顺的年景,打的粮食也刚刚只够糊口。

最近,村里唯一的一口深井被堵了,村民的吃水问题成了燃眉之急的大事。于是,村里以解决吃水问题为由,直接向省里打报告,要求火速扶贫。

省里经过调查,决定拨给刘家沟扶贫款十万元。

消息传来,村民们个个喜上眉梢。可翘首盼望等了两个月,不见一点动静。

村委主任跑到县政府一问,原来这笔款子被王县长用作出差经费,到美国考察去了。

办公室主任语重心长地对村委主任说:"扶贫要扶根本,从长远看,素质扶贫远比现金扶贫重要得多。你们村愚昧落后,首要的任务是治愚,为了摸索提高村民素质的经验,彻底摘掉你们村乃至全县贫困村的帽子,王县长不顾路途遥远,风尘仆仆用那扶贫款作经费,去美国考察。他回来之后,一定会把美国的好经验传授给你们。村民素质一提高,创造的财富何止十万元哪!”

村委主任一听,像被兜头浇了瓢凉水,说不出一句话来……

(何秀明)

(**题图**:李 加)

甜西瓜和咸西瓜

　　酱菜厂辛厂长要招一名精明能干的助理,通过初试,最后筛选出张三、赵四和秦五三个候选人。

　　辛厂长将这三个人请到自己家里,他夫人端来三个大盘子,盘里盛着切好的西瓜,每人面前放一盘。

　　辛厂长说:"你们先尝尝,这瓜是我买的,不知道挑得好不好。尝了之后你们分别说说,这瓜的口味怎么样?"

　　于是,三个人就尝起西瓜来。

　　一块西瓜下肚,张三抢先说:"厂长,这西瓜挺甜的,像撒了糖一样。"

　　赵四接口说:"这么甜的西瓜,我今年还是头一回吃到。厂长,您挑瓜真是好眼力呀!"

　　可是这时候,秦五却发现辛厂长微微皱起了眉头。

　　原来,辛厂长为了试试这三个人是否敢在他面前说真话,特地让夫人在端出来的西瓜上撒了一点儿精盐。明明是咸西瓜,可张三和赵四这两个人却口口声声说甜,这种奉承拍马的人,岂能录用?

　　可是秦五并不知内里呀,他看辛厂长面露不悦之色,心里便琢磨起来:辛厂长是酱菜厂的厂长,很可能比较喜欢咸的味道,我何不冒点险,来个"投其所好"?

　　想到这里,秦五便开口道:"厂长,也许我的口感有点不对头,我总觉着这西瓜并不怎么甜,怎么好像有点咸味呢?"

　　他这话一出口,辛厂长顿时面露赞许之色,当即退了张三和赵四,留下了秦五,并告诉他第二天就可以上班。

　　秦五一听,喜滋滋地走了。

　　秦五前脚刚走,夫人后脚就急急忙忙从厨房里奔出来喊他:"老头子,我真是糊涂了啊,刚才误把白糖当精盐撒在西瓜上。没误你的事吧?"

　　辛厂长一听,傻了……

(刘石林)

(题图:李　加)

根据什么

　　县里最近要提拔一批中层干部,任务交给了组织部副部长刘汉青。刘汉青一接到任务,就叫办公室秘书小王通知考察对象,星期天下午到他家去一趟。

　　到时候,几个考察对象,王二、张三、李四和赵五,一起来到刘汉青家里。

　　寒暄几句后,刘汉青问:"你们身上都带钱了吗?"

　　几个人搞不清他这么问是什么意思,互相大眼瞪小眼,谁也没说话。

　　刘汉青一眼看出赵五的神情和其他几个有些不一样,就问他:"你没带钱吧?"

　　赵五不好意思地点点头。

刘汉青说:"好了,你没事了,回去吧。"

接着,刘汉青对剩下的三个说:"你们就在我这里玩几圈麻将吧!"

这几个人愣住了:不是说来接受考察的吗? 怎么让打麻将? 不过这几个人平时都是麻将爱好者,既然刘部长说让打,那就打呗! 于是很快就都进入了状态。

几圈麻将打下来,刘汉青对这几个对象心里有了底,吃过晚饭刚躺上床,他就打起了呼噜。他老婆一看急了,忙把他摇醒,问他:"你这算考察好了? 明天要交报告,你怎么还有心思睡?"

刘汉青翻了一个身,嘀咕说:"报告早在我脑子里了,要你着什么急? 睡觉! 睡觉!"

老婆只得作罢。可是第二天一早醒来,老婆想想还是不放心,忍不住又把他推醒了:"你说考察报告在你脑子里,那你先说给我听听。"

刘汉青朝老婆一撇嘴,说:"这不挺简单嘛,王二当统计局长,张三当文化局长,李四当财政局长,赵五……"

老婆没等他把话说完,就急着打断说:"提拔干部就你这么随便说说? 根据什么呀?"

刘汉青鼻子里"哼"了一声:"牌桌上你没看出来? 王二那小子赢别人的钱收得可快了,可输钱的时候他不是说'没零钱'就是说'找不开',这种人不能让他管钱,太贪,只能到统计局去。张三这个人很细心,你看他欠李四五毛钱,还追到门外硬给塞兜里,这种人搞宣传出不了问题,细处地方都能把牢关。李四出手大方,不计较斤斤两两,这人能干大事儿,去财政局比较合适,就算他自己捞点儿,也亏待不了提拔他的人。"

老婆问:"那人事局谁去?"

刘汉青说:"你没瞅赵五? 进门就让我给打发走了,我一看他就是人事局长的料。"

老婆不解:"为什么?"

刘汉青说:"他出门不带钱,是老婆管得严。在家听老婆的,到单位就听上司的,他当人事局长,就肯定听我们的,调谁不调谁,我们说了算。"

听刘汉青这么一摆谱,老婆觉得挺有理,她佩服地朝刘汉青点点头,忽然像记起了什么,说:"对了,不是妇幼保健院还要配个院长吗? 我看韩六挺合适。"

"砰"刘汉青一拳砸在床上:"合适什么呀? 我看他那两个眼珠子最不老实。他干什么都可以,就是不能管妇女!"

"那你准备让他去哪里?"

"养鸡场,当场长去!"

(徐 洋)

(题图:李 加)

天国之约

　　赵前和孙里在一个单位工作几十年了,但就因为赵前比孙里晚进单位一年,他的行政级别就老是落在孙里后面,孙里当科长的时候他是副科长,如今孙里当上处长了,他紧随其后坐了副处长的位子。

　　为这事,赵前心里一直憋着股委屈劲儿,平时与孙里的关系也总有点疙疙瘩瘩,每当孙里将他那肥硕的身子塞进那个象征权力地位的黑漆漆的皮圈椅时,赵前就感觉那肥屁股像是坐在了自己的胸口上。长此以往憋着劲儿,他终于得了不治之症。

　　医生说,按他们医院目前的医疗水平,赵前的生命至少还可以维持半年。可赵前自己已经万念俱灰,躺在病床上整天唉声叹气,不到一个月就形容枯槁,活脱脱一具木乃伊形象,亲朋好友再怎么劝慰也没用。

这天,孙里捧着一大抱康乃馨去看赵前,赵前的呼吸已经很微弱了。孙里叹了口气,对赵前的家属说:"唉,怨我平时对老赵关心不够哇……"话音刚落,只听赵前喉咙里"咕咕"响了两下,孙里立刻打住话头,附过身去。

多少天不说话的赵前此时突然睁开了眼睛,两只眼球在黑洞洞的眼眶里闪烁。他死死盯着孙里的脸,声音从他空空的大嘴里发出来,就像来自遥远的天国:"老孙呀,谢谢你来看我。我一辈子搭了晚班车,这回是要走在你前面了,凭你老兄的身体,怕再活它个十年、二十年都没问题。也好,将来等你来报到的时候,你当科员,我起码该混个副局了!"

赵前说完就开始"呼哧呼哧"地喘气,孙里没想到赵前临死之前还在想着心中的那个结,感慨着连连叹息,因为要去赶一个会议,他安慰了赵前家属几句,随后就离开了医院。

一路上堵车堵得厉害,平时半个小时的车程,这天足足开了一个半小时还没到。司机急了,后来等开上了高速公路就一再加码,结果一个闪眼,车子撞上了路边的防护栏杆,孙里当场就送了命。

消息一传开,知道赵前心结的人悄悄把他们两个人的死亡时间一对照,发现赵前最后还是走在了孙里后面:赵前是在孙里出车祸之后半个小时才咽下最后一口气的。

假若赵前和孙里真的能在天国相见,不知见面后赵前又该作何感想?

(周远河)

(**题图**:安玉民)

考查人才

　　大力有个老同学,开了一家软件公司,生意做得很大。

　　大力老婆有个娘家侄子,大学毕业已经一年多了,一直没找到工作,大力老婆就让大力到老同学那里帮她侄子谋个职位。老婆的话不能不听,大力于是就带着侄子去找老同学。

　　老同学听大力说明来由,连连点头,大力的心这才放回肚里。

　　可老同学没有马上给侄子安排工作,而是从抽屉里拿出一个魔方,问他:"这个魔方现在是扳乱了的,你能不能把它还原成六面六种颜色呢?你看好,我先给你做个示范。"说着,老同学便"啪啪啪啪"扳起魔方来,不一会儿,就还原成了。"看到了吗?你来一遍试试!"老同学把魔方递给了侄子。

　　侄子接过魔方,左扳扳,不行,右扳扳,还是不行,不禁面露难色。老同学安慰侄子说:"不要着急,你可以把魔方拿回去,最迟星期五送回来就可以了。"

　　侄子松了口气,点点头说:"那好,我带回去琢磨琢磨。"随后,就答应着先走了,留下大力和老同学再好好呱呱。

　　大力摸不透老同学葫芦里卖的什么药,侄子一走,他就急着说:"我侄子是来找工作的,你怎么给他这么个玩意儿?到底什么意思啊?"

　　老同学哈哈大笑,拍拍大力的肩膀说:"我这是出个题考考他,到时候可以给他安排合适的工作啊!"

　　大力听了一愣:"玩个魔方能考出什么来?这玩意儿我以前也玩过,就算还原不出,也可以用笨办法,把魔方拆开,然后一个个安上去呀!"

　　老同学乐了,说:"如果他能这样就好了,说明他敢作敢为,可以从事开拓市场的工作。"

　　"啊?"大力极有兴趣地问,"那别的还有什么讲究?"

　　老同学扳着手指,侃侃而谈:"如果他不拆,完全可以用漆把魔方六面的六种颜色漆出来,这就说明他很有创意,可以从事软件开发工作;如果他等会就把魔方送回来,说明他非常聪明,做我的助理最合适了;如果他请教了人之后提前把魔方送回来,说明他有人缘,可以让他去客户服务部工作;如果他完全照我说的,到星期五来,说明他做事比较刻板认真,从事低级程序员的工作应该没问题;当然,也有可能他最终拿回来说他还是不会,那就更好了,说明他人很诚实,可以从事保管和财务的工作,这种人现在不是那么容易物色到的啊……"

　　大力听得嘴巴张开老大,竖起大拇指不住地说:"有一套,你可真有一套啊!"

　　回家后,大力不知道老婆的侄子到底会用什么方法来回应老同学这道题,心里不免有点忐忑,连觉都没有睡好。

没想第二天一早,老同学就打电话给他了。老同学在电话里说:"大力啊,你老婆的侄子真是人才呀!我要定了。你猜怎么着?他昨天晚上就来找我,把魔方还给我了。不过,不是我给他的那个,哈哈,他是新买了一个!他说:'你的魔方我扳来扳去都无法还原,不如买一个还你算了。'嘿,他买的那个居然和我给他的那个一模一样。"

大力诧异地问:"这说明什么?他能做什么工作?"

老同学压低嗓门说:"告诉你,他绝对是做盗版的好材料!"

(杜国骏 供稿)

(题图:安玉民)

充内行

星期天，一位朋友到阿睿家玩，一进门，就生气地指着自己那辆红色"木兰"说："真倒霉，骑得好好的，说坏就坏了。"

阿睿是个热心人，忙说："要不你先进屋歇会儿，我到附近修车铺去让他们帮你修修看？"

朋友答应了。

阿睿于是就推着朋友的木兰，来到离家不远的一家摩托车修理部，对那里正在值班的小伙子说："兄弟，请你给看一下。"小伙子答应一声就过来了。

这时阿睿忽然想起来，听人说这种修理部经常"宰人"，得让他们知道自己是内行才行。他想了想便说："兄弟，你看看是不是火花塞的事儿？一般来讲，火花塞积碳多了，容易熄火。"

小伙子没说话,只是看他一眼。

阿睿心里顿时一喜:看来这招儿还挺灵。说实话,他以前有个朋友骑过"木兰",他没事时看过它的说明书,没想到在这儿派用场了。阿睿更加得意了,进一步发挥道:"要不就是化油器的事儿,化油器应该定期清洗,否则油路就会不通。"

小伙子又看了他一眼。

阿睿心里更乐了,看来真的把对方蒙住了,于是随口又说道:"我刚才认真看了,估计不会是空气滤清器的事儿,大概是怠速调得过高或者过低……"

这时,阿睿注意到,对方已经用一种非常奇特的目光注视自己了,不由心想:嘿嘿,他一定对我佩服得五体投地了,这回可不敢宰我了。

谁知,那小伙子盯了他好半天,问他:"这车不是你的吧?"

阿睿一惊:"你怎么知道?"

小伙子说:"问题不是出在火花塞、化油器上,和调怠速也没有关系。"

"那是怎么回事?"阿睿急切地问道。

小伙子笑了半天,说:"这车根本就不是摩托!它是仿'木兰'的电动车。所以出毛病,是电量不足了。"

(董保纲)

(题图:李 加)

错　位

　　双休日,老俞到建材市场选购木地板,转了一圈,最后在拐角处一家门面不大的店门口停住了脚。

　　店里一个头发花白的营业员见老俞似乎有意购买,赶紧摇着一把大蒲扇迎出来,介绍说:"我们店里供应的木地板质量上乘,因为店铺位置偏,所以卖得要比别家便宜,很划算的。地板都在后面场地上,你可以去看看。"

　　老俞看这个老营业员年龄和自己差不多,说话态度又诚恳,心里便添了一丝信任感,再随老俞到后面场上一看,发现地板质量也不错,而且价格确实要比别家的便宜,于是很快谈妥价格,当场成了交。

　　老营业员对老俞说:"你到里边付钱,我帮你去叫个车来。"

老俞一听点点头,抬腿走进了店堂。

店堂里,靠墙的一张桌子后面,坐着一个二十出头的小伙子,看来他是店里的小老板了,正"咕嘟咕嘟"地喝着饮料,"呼呼呼呼"地吹着风扇。老俞把钱交给他,他开了张收据给老俞,然后一口气把饮料喝完,站起身来,随老俞走出店堂。

正巧这时候,那个老营业员把车喊来了,小老板对老营业员说:"钱我已经收了,你把这位先生选中的地板搬出来装车。"老营业员应了一声,连口气都没歇,立刻就忙碌起来。

老俞挑中的木地板,两平方米一箱,一共是三十三箱,每一箱的分量还真不轻。老俞一看,店里也没第二个营业员了,全靠这个老的跑前跑后地搬,搬到最后一箱时,差点连人带箱摔倒。三十三箱木地板好不容易搬上车,老营业员累得气喘吁吁,满头满脸都是汗。小老板在一边催着说:"快发车吧,早去早回,说不定接着还有生意呢!"

这时,老俞突然想起一个问题来:"老板,我家住五楼,你们给搬上去吧?"小老板一口回绝:"我们只送到楼下,你要搬上去,要么加钱,一层二十元,要么你自己找人搬!"

老俞傻眼了:"这……这让我临时到哪里找人去?"老营业员看老俞挺着急的样子,抹把汗说:"要不这样,你加五十元算了,我帮你搬。"老俞一听,当然感激不已。

事成之后,老俞看老营业员累得腰都直不起来了,非把他让进屋歇歇不可,还从冰箱里拿西瓜给他吃。老俞关切地问道:"你这么大年纪了,还干得这么辛苦,那小老板一个月给你开多少工钱?"

老营业员一听,很自豪地说:"小老板?你搞错了,他是我儿子,在省城读大学,念企业管理专业,他这是放假回来帮帮我的。"

(李六合)

(题图:王申生)

先见之明

　　花果镇是全县有名的贫穷小镇,新接任的袁镇长立下誓言,要在最短的时间里把贫困镇的帽子一脚踢进太平洋。他口号喊得很响,奔东跑西干得也非常辛苦。

　　经过一段时间的努力,由镇政府出资的伞厂终于挂牌投产了,袁镇长劳苦功高,庆功酒宴上,伞厂厂长拿出一块事先准备好的白招牌,要求袁镇长亲自为伞厂题写厂名。

　　已经喝得醉眼蒙眬的袁镇长也不客气,拿起毛笔,龙飞凤舞将"花果镇自动伞厂"七个大字一气呵成。可是站在边上的人却都暗暗皱起了眉头:这个袁镇长真是喝糊涂了,竟然把厂名写错了一个字。这可怎么办呢? 当众提醒,袁镇长脸上肯定挂不住。

　　伞厂厂长突然急中生智,笑着对袁镇长说:"镇长,我有个建议,咱们来个'闷头鸡啄白米',先不挂牌,待伞厂产值过指标时,再举行挂牌双庆大典,这叫'不鸣则已,一鸣就惊天动地'!"

这话说得既体面也中听,袁镇长自然连连点头,大家也拍手叫好。

伞厂既然是袁镇长亲手扶植起来的,厂里的人事、财务等重要部门,袁镇长就都派他的三亲六党来把守。这些人伙同厂长天天向袁镇长请示工作,日日向袁镇长汇报情况,镇上的酒楼饭店一家家就成了他们的流动办公室,而生产出来的伞呢,看看挺漂亮,买回去一撑,没多久就散了架。

原来啊,这些人都在蒙袁镇长,趁此机会好捞则大捞一把,他们将自己的腰包塞足了,而真正投到生产上的原料,能省则省。怎么省?用次等的呗!这样的产品哪能会合格?

刚刚办起来的厂子,当然经不起一批人的折腾,很快就垮了,最后连工资也发不出,工人们只能下岗回家。

整个厂子,最后只剩下了两个守厂的工人。这天,这两个人闲着无事,其中一个对另一个说:"这厂散得也太快了吧,连厂牌都还没挂呢!"

另一个说:"说不定就是因为不挂厂牌才搞成这样,咱们不如把它挂上试试? 唉,散厂也要散得名正言顺嘛!"

两人一时兴起,于是就去找当初袁镇长亲手题写的那块厂牌。一找,哈,找到了,上面居然还依旧裹着红布,放在那个角落里哩! 两个人把厂牌搬出来,拿到厂门口挂上,然后郑重其事地把蒙在上面的红布揭下来。

阳光下,只见袁镇长题写的厂牌上,那七个字触目惊心:花果镇自动散厂。

两人看得目瞪口呆:"到底是一镇之长,多有先见之明啊!"

(徐　涛)

(题图:李　加)

处　分

　　黑占银今年三十四岁，在县政府机关事务局工作。半月前，他去深圳出差，碰到一个大学同学，几年不见，人家已经混得有头有脸了。那同学鼓动他说："你辞职跟我干吧，我先给你月薪一万二，等以后有了机会，你自己开公司。"

　　黑占银被他说活了心，回家后便把这事跟妻子说了。谁知妻子却死活不同意，说："稳稳当当在局里做事有什么不好？除非你受处分，混不下去，否则别想要我点头。"既然妻子这么说了，黑占银就打定主意要为自己争取到一个处分。

　　要想受处分，就得犯错误。犯什么错误合适呢？一不能给单位造成损失，二不能损害自己人格。黑占银想来想去，有了！可以在计划生育上做文章。原来两年前，黑占银的妻子生了一个女孩,黑家老人觉得后继无人,逼着黑占银一定要去搞一个二胎指标。经不住父母"软硬兼施",黑占银只好动脑筋让妻子以去外地进修为名,躲到乡下娘家去生第二胎。当时,黑占银运用自己的人际关系把这事儿做得"天衣无缝",但是现在他决定把这件事说出来,他相信只要领导知道了,百分之百会给他处分。

当晚,趁妻子熟睡后,黑占银"刷刷刷"就动笔给县里的计生委写起匿名信来,自己举报自己。第二天,他把信投进信箱,然后就天天盼处分早点下来。

然而两天后,一件意想不到的事发生了!

黑占银有个初中同学,在县计生委办公室当副主任,平时关系并不怎么密切,可是这天他突然给黑占银打来电话,一开口就说:"占银呀,你啥时请客呀?"

黑占银觉得挺奇怪:"你开什么玩笑,我哪有值得请客的好事?"

老同学说:"实话告诉你吧,你超生二胎的事被人举报了,幸亏这封信被我在县稽查队看到。那里几个人和我关系不错,听说你是我老同学,立即答应开绿灯。所以,我答应他们今晚请客,你总要来给人家敬几杯酒表示表示吧?"黑占银一听,真是哭笑不得,碍于面子,只好掏口袋在饭店请了一顿。

第一次举报失败,黑占银很不甘心,他接着又写第二封举报信,而且直接寄给县计生委刘主任。他心想:主任知道这事儿不能不管,说不定还会当典型抓。果然,两天后领导找他来了,不过不是刘主任,而是自己局里的王局长。

王局长冲他说:"你这个同志呀,可把我害惨了。"没等黑占银开口,又说,"你超生二胎的事被人家举报到计生委那里,幸亏他们和咱局是关系单位,刘主任说就不追究了。要不,今年咱局还想评先进?昨天为你的事,局里花了二千多块钱专门请他。嘿,那家伙喝酒也真是海量,难怪叫'刘斤半',我看一桌人没一个是他对手,我也拼不过他,喝到现在肚子还难受!"

黑占银怎么也没料到第二封举报信会是如此结果,心里真是说不出的苦啊!可他表面上还要装出感激的样子,给王局长赔笑脸:"局长,我真是该死,给局里惹麻烦了,多亏你照应,我……我……"王局长哈哈一笑,说:"你也不要'我我我'的,事情已经摆平了,你还担心什么?我倒是怕人多嘴杂,昨天在场的除了我和刘主任,还有那几个具体办事的同志,万一他们把这事说出去,于你于咱局都麻烦。所以,你最好还是私下把他们几个约出去表示一下。"

局长把话说到这份儿上,黑占银只得照办。第二天,他又掏钱把那几个知情人拉到饭店表示了一番。回来之后,他心里却越想越窝囊:怎么要个处分也这么难?他不甘心,又写了第三封举报信,而且为了摆脱县里的关系网,他这回把信寄给了县计生委的上级单位——市计生委。

终于,五天之后,市计生委来找黑占银谈话,了解事情经过,还特地派两个同志到黑占银妻子的乡下娘家去调查。黑占银表面上一副事情败露因而不得不认错的样子,可心里却暗自窃喜,他天天等着,最好处分快点下来,就可以辞职奔深圳去了。

熬了三天,第四天一上班,王局长叫黑占银去办公室,黑占银以为是事情有了结果,可谁知王局长见了他却说:"你小子行啊,关键时候露真相!"王局长给黑占银看一份材料,黑占银接过一看,"关于我本人计划生育情况的说明",是以黑占银的口气写的,大意是说乡下那个所谓的孩子并非自己妻子所生,举报人举报失实云云。

王局长对黑占银说:"你快在上面签个字,一切问题都可以解决。"

黑占银丈二和尚摸不着头脑:"他们找我谈话时我都已经承认了,怎么现在能翻供呢?"

王局长笑了："这你就放心吧！你超生问题的处理，是市计生委蔡主任的旨意。"

黑占银更奇怪了："蔡主任？我与蔡主任非亲非故，他为什么要这么做呢？"

王局长捅了黑占银一拳："你这个同志呀，就不要和我打哑谜了，我知道你有后台。"

"后台？"黑占银糊涂了，"局长，我真不知道是怎么回事。"

王局长说："这事你也不要瞒我，你能躲过这一关，是有贵人相助。老实告诉我，省委组织部黑占金和你是什么关系？"

黑占金？省委组织部？黑占银想起来了，省委组织部确实有自己的一个老乡，叫黑占金，但自己和他只是一般认识，并没有深的交往，这事怎么和他扯上了呢？不过，这一来，黑占银倒是眼前一亮：既然自己铁了心要辞职，那何不就直接去找找这位老乡呢？

回到自己办公室，黑占银就想给黑占金打电话，没想黑占金却先他一步把电话打过来了。

原来，市计生委本来已经把调查材料整理好了，准备要报送的时候，蔡主任突然注意到黑占银的名字和省委组织部的黑占金仅一字之差，再看籍贯，发现他们居然是老乡！蔡主任不由兴奋起来，因为蔡主任目前年富力强，正是被提拔的大好时候，而省委组织部眼下正在省属各地考察干部，黑占金就是考察组成员之一。蔡主任正愁没法和考察组套近乎，现在有了这个犯错误等着处理的黑占银，这不是送上门来的关系吗？他又私下一打听，果然黑占金和黑占银还是隔着几房的兄弟。这真是太好了，于是他马上自说自话给黑占金打电话，说他兄弟黑占银最近遇到点麻烦，不过也不是什么不得了的大问题，他会妥善处理，请黑占金放心。随后他把黑占银超生事件的材料压了下来，吩咐"重新调查"。

对前前后后这些具体细节，蔡主任没说，黑占金自然不是很清楚。但黑占金此刻在电话里并不问黑占银，只是沉吟着嘱咐道："蔡主任为你办事，是想让我为他办事。说实话，提拔干部的事，我帮不了他，至于你们之间的事，我不想多问。我想……可能的话，你最好……到蔡主任家里去一趟，送点礼物表示一下谢意，这样咱俩就都不欠人家什么了。"

黑占银是多么想在电话里把所有的事情给黑占金讲穿，请他帮忙爽爽快快给自己个处分，可是不知为什么，面对老乡，话都到嘴边了，他反而开不出口。可是不说吧，这不，到头来又要花钱去摆平关系！已经两顿饭请过了，现在自己口袋里哪还有钱去买什么礼物啊，这事儿只能回去对妻子坦白，问她要钱。

总算黑占银的妻子还是个通情达理的女人，知道事情经过后，这回没怎么责怪黑占银，反而拖着他去街上买这买那，给蔡主任送了一份礼，给黑占金老家的父亲也送了一份礼。妻子好言劝黑占银说："你的名声要紧，破点钱就破点钱，真要处分了，再多的钱也买不回来影响。不过以后你可记住了，别再给我添乱！"

费了一番周折，兜了一个大圈，花了一大笔钱，可是最终却一事无成，黑占银于是彻底打消了去深圳的念头，从此安心在局里发挥自己的聪明才智，积极主动地工作，无论领导还是同事，都对他刮目相看。

不到两年，王局长要退居二线了，县委组织部决定在全县公开选聘接任局长。笔试、面试、群众测评，黑占银"过五关、斩六将"，一路成绩遥遥领先，看来就等组织部门下发任职文件了。然而，想不到就在这关键时候，组织部连续收到十几封群众举报信，反映黑占银超生二胎的事。这一次，黑占银自己拼命想捂，但是捂不住了！

(胡忠军)

(题图：谭海彦)

抓
小
偷

　　朱有财最近开了一个超市,成了朱老板。可是还没乐呵几天,就发现问题了,原来超市每天盘货时都发现少东西,他是又急又心疼,发誓一定要抓住小偷。

　　这天一大早,朱老板亲自上阵,刚转到糖果区,就见一个胖小子正在大模大样地吃奶糖,嘴里一边嚼着,手里还一边剥着,上下衣服口袋里更是塞得鼓鼓的。

　　朱老板气得全身的血往头上涌,一个箭步冲过去,一把提起胖小子的衣服领子,大喝一声:"好小子,看我怎么收拾你!"说着,他就抡起了粗壮的胳膊。

　　谁知,那胖小子既不逃也不躲,还牛气十足地梗着脖子说:"你敢打我?我告诉我爸!"说着,又往嘴里塞了一块糖。

看他这架势,朱老板心里一惊:这小子是啥路道的,咋敢这么牛? 他抡在空中的手停住了:"你爸爸是谁?"

胖小子肥下巴一翘,流着口水说:"周所长!"

朱老板一听,抡起的手不由放了下来,他从货架上拿了一包巧克力,说:"哦,原来是周大哥的公子。好乖的小伙子! 来,尝尝这个,这个好吃!"说着,他就要把巧克力往胖小子的手里塞。

这时,只听旁边一个人说:"这不是傻哥吗? 什么周所长,他爸不就是看厕所的那个周跛子吗?"

"啪"朱老板手里的巧克力落在了地上,还没待旁边人反应过来,又听"啪"地一声脆响,朱老板一巴掌朝那胖小子脸上扇了过去:"我当是什么所长,一个看厕所的!"

刚才说话的那人赶紧上去一把拉住朱有财,说:"打不得,打不得啊! 周跛子可不是好惹的!"

朱老板鼻子一哼:"有什么不好惹?"

那人说:"周跛子守着车站旁的公厕,不说利润,光那面积就比你这超市大好多! 你说一般人能干上这份好差事? 没有他哥哥周局长,他能当这个厕所的所长?"

"啊?"朱老板眼睛睁得溜圆,嘴巴张成了"O"形。愣了一会儿,他终于回过神来,僵硬的脸马上又堆满了笑,"对,对,瞧我这记性……"说着,他转过身,一把攥住了傻哥的手,"呵呵,果然是周大叔家的人啊! 好兄弟,刚才……"可是还没来得及等他道歉,胖小子拔脚就跑,朱老板急得猛扑上去,一把拖住了他。

"放开!"胖小子以为朱老板又要打他,扭着身子使劲挣扎,谁知他越扭朱老板抱得越紧。胖小子急了,脸憋得通红,一转头,对着朱老板的大耳朵张嘴就咬了下去。

只听一声惨叫,在场的人全傻了……

（乐　奔）

（**题图:**顾子易）

机 关 算 尽

机关算尽,似聪明,到头换来的竟
是场空欢喜。

笔刀子杀人

　　有个农场,农场里有两个"知名人士",一个是人事科科长,名叫王廷;还有一个是宣传科科长,名叫高羽。这两人年龄、文凭、资历以及工作能力都不相上下,而且各有专长:高羽笔杆子很行,常把领导的名字写进文章里、登在报纸上,吹得领导眉开眼笑;王廷虽然笔杆子不如高羽,但他能运用印把子给领导办"实事",光是领导什么人里不符合"农转非"条件的,就给他办进了好几个,因此同样深受赏识。

　　不用说,他们这两个农场里的"宝",前途无量,一有机会,那是一定要"蹿"的。

　　说到机会,机会还真的来了!农场一位副场长另有他用调走了,空出来的位子自然得从场里那些中层干部当中调一个上来。可问题是,就算不考虑别人,从他们两个中间挑,交椅只有一把,给谁坐?王廷和高羽自然都不肯轻易放弃,于是便不露声色地各自"活动"起来。

这一天,王廷在领导家里吃晚饭,酒过三巡,领导拍着胸脯说:"小王,明天要开党委会,我决定推荐你,估计问题不大,可以通过。"有领导这句话,这副场长的位子是坐定了,王廷激动得一夜没睡好觉。

第二天下班前,有人给王廷递来一张条子,说是高羽让转的。王廷打开一看,上面写着:有事和你商量,晚八点到"金海楼"小酌。王廷心想:生米都快煮成熟饭了,你小子还搞啥名堂?好,我倒要看看你葫芦里卖的啥药?

晚上八点,王廷准时来到金海楼酒家,两人一阵寒暄之后,便入席就餐。

几杯酒下肚,见高羽还不"奔主题",王廷忍不住假惺惺道:"不知高科长有什么事要我效劳?都是老朋友了,直说无妨。"

高羽连连摆手:"哪里,哪里。"他从兜里掏出一叠稿纸,"嘿嘿,我给你写了篇文章,你看看,如果没什么出入的话,我明天送报社去。"

王廷接过一看,高羽写的是自己买国库券的事。说起来,这其实是他妻子的主意,现在银行利率低,现钱放在家里也不怎么安全,于是就去买了国库券,而且也就是 8000 元。谁知到高羽笔下,竟成了"为国分忧"、"一心想着支援国家建设",真是"笔下生花"呀!王廷不由笑了起来:"区区小事,报社也登?"

高羽说:"怎么不会?支援国家建设,这样的精神永远都需要。"

王廷心里不由暗忖:高羽这小子一向被人称为"鬼精灵",怎么会在这种关键时刻写对我有利的文章?

这时,服务员又端上来狗肉和甲鱼,高羽给王廷斟满酒,说:

"来,听说这次你要高升,我衷心祝贺。咱们是老朋友了,以后还请多多关照……"

王廷一听,这才明白高羽今晚请自己吃饭的目的。他心里打了个"咯噔":这小子果然厉害,不但消息灵通,连吹喇叭、抬轿子也比别人提前好几拍。他一仰脖子,把杯里的酒一饮而尽,对高羽说:"要是我真有那么一天,老兄,我请你吃饭。咱们谁跟谁呀,你就放一百个心吧!"

时隔两天,高羽写王廷的文章果真见了报。王廷细细一看,其他没变,只是在"8000"这个数字后面加了个"0",变成了80000,王廷不觉双眉打起了结,问高羽:"你怎么给我写那么多钱哪?"

高羽解释说:"那天你问我,写这种小事报上会不会登,我回去后想想,觉得你这话问得有道理。像你这样身份的人,买8000元国库券是少了点,于是便在后面加了个'0'。反正精神总是在的,数额越大,不越显得你思想境界高嘛!"

听了高羽这番解说,王廷乐得哈哈大笑,想想也不是自己故意弄虚作假,便也罢了,只是打趣说:"你这笔杆子哪,可以生出花来把人捧上天,也可以变出刀来把……"

王廷这话还没说完,就被高羽制止了:"你老兄可千万别这么说,我绝对只有好心,并无半点恶意啊!"

没过多久,王廷果然被正式任命为农场副场长,他没有忘记自己说过的话,当晚就回请高羽吃饭,直到喝得酩酊大醉,两人才离开酒家。

分手后,王廷摇摇晃晃走到家门口,只见屋里一片漆黑,按门铃也没反应,他这才想起,老婆带着孩子回乡下娘家去了,于是摸出钥匙,费了好大的劲才把门打开。

走进房间,按亮电灯,他不觉倒抽了一口冷气:三个彪形大汉站在自己面前,房间里早已翻箱倒柜、狼藉一片。

他吓得浑身瑟瑟发抖:"你……你们要干……干什么?"

一个大汉晃晃从橱柜里翻出来、此刻已经捏在手上的国库券,问道:"怎么只有8000元,其余的藏哪儿了?"

王廷说:"我就买这么多,没有了。"

大汉立刻举着刀子逼上来:"你还想赖?报上不是说你买了80000元?"

王廷心里一"咯噔":这下被高羽那小子害惨了!连忙辩解道:"报上那写的不能信,是王八蛋瞎编的呀!不信你们可以去问高羽。"

可大汉们哪肯听他解释,他们不耐烦了。

另一个大汉举起手里的木棍说:"你今天不把剩下的交出来,我一棍子送你回老家!"

王廷急得眼泪直在眼眶里打转,说:"你们就是打死我,我也拿不出这么多券来呀!"

那大汉见王廷还不识相,手里的木棍便朝他头上砸下来,王廷连喊都来不及喊一声,就倒在地上昏死过去。

三个大汉一见出人命了,心里也害怕,赶紧脚底抹油溜之大吉。幸亏他们走得急,忘了关门,邻居们发现王廷倒在地上,立即将他送进医院抢救。

最终,王廷没有死,但他却再也没有醒过来,成了一个植物人。

王廷可以终年在床上躺着,可以请人侍候他,但农场副场长的位子却不能空着,于是高羽如愿以偿,将这把自己梦寐以求的交椅从王廷屁股下夺了过来。高羽是故意在国库券上做文章,想在领导面前栽了王廷,没想这三个大汉彻底帮了他的大忙。

不过,终于戴上了官帽,按理高羽应该很开心,可奇怪的是,这以后他夜里经常会被莫名其妙的噩梦惊醒。往往在夜深人静梦醒之后,他忍不住问自己:这辈子,我还能睡一个好觉吗?

(作者:卢先发;讲述者:吴文昶)

(题图:杨宏富)

老板的狗

　　滕老板这些年财运亨通，一下子就成了镇上屈指可数的富翁，别的不说，光他家养的那只狗就不是一般的狗，而是从德国进口的名狗，取名"比尔"，据说价值连城，所以很让镇上的人羡慕。

　　前阵子，滕老板去广东、深圳、珠海转了一圈，回来后发现比尔的肚子鼓起来了，他心里非常高兴，盘算着如果比尔生了，生下的小狗应该送给谁。再一想，万一比尔生下两只崽，那么就可以送给谁谁。可万一生三只呢？不是没可能啊，那该送谁谁谁合适呢？

　　滕老板还没想妥到底怎么送，比尔却已经提前生了，而且一胎居然生下了四只狗崽。滕老板可高兴啦，干脆备一桌酒席，把镇上的头面人物都请了来。

酒过三巡，滕老板发布新闻："诸位，告诉大家一个好消息，我家比尔生了，一胎生了四只。"在座人都爱养狗，而且早就对滕老板家的那只比尔眼红得不得了，听到滕老板发布的新闻，个个喜出望外，都急不可待地表示要看看狗崽，他们三口两口把酒喝了，就一起随滕老板来到他家中。

滕老板兴奋地把大家领到狗窝前，指着比尔身边四只黑白相间、正在吃奶的胖乎乎的狗崽说："你们看！"

大家自然不住口地称赞。可是片刻后，有一个声音挺内行地问："滕老板，你这是在哪里替它配的种？"

滕老板眨巴眨巴眼睛，说："哪里配种？没有啊，是它自己怀上的啊！"

"那坏了，"这个人说，"这崽肯定不是纯种。"

这么一提醒，大家就开始摇起头来："不是纯种，那就是杂种了？""对呀，杂种就是草狗哇！"

一听说是草狗，滕老板气得脸色铁青。那帮人一走，他对着比尔直骂："比尔啊比尔，我一向待你不薄，你怎么不知道自尊自爱呀？凭你的身份，怎么着也得讲个门当户对吧？怎么随随便便就去跟草狗乱搞呢？这下倒好，丢了我的面子，败了你的名声，也害了你的后代啊！"

滕老板越骂越气，越看越恨，一时性起，突然从比尔身边将那四只狗崽一把抓起，狠狠往地上甩。狗崽小啊，哪经得起他这么猛甩？立刻就没了声息。比尔懂啊，立刻发疯似的咆哮着冲出狗窝，龇牙咧嘴地向滕老板身上扑来，若不是家人赶来解围，滕老板就难以脱身了。

比尔因为伤心，三天没吃；滕老板因为气恼，躺了三天。

第四天，滕老板到镇上的派出所去，把比尔怀草狗的事向所长嘀嘀咕咕了一番。所长朝他一拍胸脯说："这好办，你去买两支猎枪,我马上给你组织一支打狗队,不出一个星期,保证把镇上那些草狗统统解决了。"

所长说干就干,打狗队当天就组织起来,结果一个星期不到,镇上就没了草狗的影子。可是滕老板并没有因此而高兴,因为那些被打死的狗里,没有一只是黑白相间的花狗。花狗不打死,滕老板实在难解心头之恨,他决定自己亲自出马,非找到那只花狗不可。可是一连几天,他把镇上的角角落落都转遍了,却连花狗的影子都没撞见。

这天下午,滕老板心里闷得慌,便拉了几个牌友在家里打麻将,突然从门外冲进来一只狗,这里看看,那里嗅嗅,滕老板扭头一看,啊,冤家路窄,正是一只毛色黑白相间的花狗。他当即把麻将牌一推,"霍"地跳起,叫几个牌友帮他关门,他自己转身去拿挂在墙上的猎枪:"快,关起门来,打死这只狗!"

狗的灵敏度极高,听滕老板这么一叫,知道情况不妙,不等众人把门关严,它已经"哧溜"一下跑了。滕老板不肯罢休,提着猎枪追出去,却不料和一个人撞了个满怀。

来人说:"干啥哩,风风火火的,找人打架呀?"

滕老板抬头一看,咦,是老朋友来了!再低头一看,哇,那只正要追打的黑白花狗此刻正偎在他的脚边。滕老板不由脱口问道:"这是你……你的狗?"

"怎么,只许你玩狗,就不准我养狗?啊,看来你是想打我的狗啊?"

"不不不,"滕老板当胸捶了他一拳,"打狗也得看主人哪!屋里坐,坐!"

滕老板的这位老朋友姓龙,曾经做过本镇镇长,去年被调到邻乡当书记之后,两个人见面的机会少多了,所以今天相见格外亲热。

滕老板问:"今天是什么风把你吹来的?"

龙书记笑笑："无事不登三宝殿,我想问你要一只狗。"

滕老板一愣："狗?"

"是啊,"龙书记说,"听说你家比尔不是生了四只狗崽吗?"

"可……可都已经被我甩死了。"

"什么? 你……甩死了? 你……你……"龙书记惊得眼珠要从眼眶里弹出来。

滕老板没想到老朋友竟也会这么看重比尔生的狗崽,他重重地叹了口气,说:"唉,可惜比尔生的是一窝草狗啊!"

"你凭什么说它是草狗?"

"咳,一看就知道,一只只全跟你这花狗一样。"

"你懂什么啊!"龙书记狂吼起来,"老兄,我告诉你,我这只花狗是英国名狗格力犬,它的名字叫卡德。上次我来看你,卡德也跟我一起来的,正巧碰上你家比尔发情,所以我就让它们结了洋亲,谁知道你居然……唉!"

滕老板一听,两眼发直,张着个嘴巴,什么话也说不出来。

从那以后,滕老板将比尔圈养起来,不让它和任何狗接近,他的如意算盘打得好:等它一发情,马上将老朋友的卡德请来,让英国种和德国种交配,生一胎世界一流的好狗。

可让他懊丧的是,比尔从此竟再也没有发过情。

于是有人说:"滕老板财运不错,可狗运不佳。"

(作者:李 琳;讲述者:吴文昶)

(题图:杨宏富)

买狗

李厂长带着他的张秘书和领导班子一帮人，大老远地跑到黄山去开会。

这天在一家茶叶店里，李厂长看到一筒标价 4888 元的"黄山毛尖"，他闻闻味道，看看颜色，感慨了一声："不错，就是贵啊！"转身走了。

走出没多远，他的张秘书一手提着一筒茶叶，一手抱了一条刚满月的小狗，跟了上来。张秘书把茶叶筒递给李厂长，李厂长一看，正是他刚才看中的黄山毛尖。

李厂长笑眯眯地问张秘书："你还抱条小狗做啥呀？"

张秘书回答说："噢，厂长，我在路上一直担心厂里的大门。你想，那门早就破破烂烂了，传达室那王老头根本看不住，小偷进进出出比回家还容易,上回居然偷到办公室来了。我想,我们如果能养条狗,就可以对小偷起到震慑作用。厂长,这可是条纯种的德国狗,别看它现在小,以后不得了,准保追得小偷哇哇叫。"

李厂长一听,连连点头:"不错,小张你想得很周到。这狗……多少钱?"

张秘书眨眨眼睛:"不多,才5000元,人家还送了这筒茶叶哩!"

"唔……"李厂长明白了,用力拍拍张秘书的肩头,"小伙子,好好干,前途远大。"

从黄山回来以后,张秘书把狗交给看门的王老头养着。

过了一阵,张秘书拿着一张发票来找李厂长签字报销,发票上写着:为纯种德国狗购买日本狗食、美国狗罐头、意大利狗圈,共计人民币1600元。

李厂长一愣:"什么德国狗?"

张秘书提醒他:"就是在黄山买的那只,和茶叶一起……"

李厂长看了张秘书一眼,没说什么,就签了字。

过了几天,李厂长找到王老头,说:"这狗身上长了点虱子,虱子会传染病虫,你得经常给它洗洗。"

王老头忙不迭地说:"李厂长,狗这东西贱,不用洗,用水冲一下就行。"

"那怎么行,这可是德国狗!"李厂长让张秘书去洗浴中心给狗办了一张全身护理卡,至于发票嘛,当然是拿到会计那里报销去了。

这件事传开以后,厂里其他几个副手以及科室主任们也来了精神,纷纷加入到照顾德国狗的行列中来,到会计那里报销的人接连不断。这事是李厂长自己开的头,所以他只能大笔一挥,照签不误。

　　可是到年终一算,不得了,为了这条狗,已经花掉了10万元公款。李厂长觉得不能再这样下去了,便召集全体干部开了一个会议,经过讨论,制定了一份关于照顾德国狗的决定,领导班子还专门作了分工:春天由李厂长照顾,夏天由赵副厂长照顾,秋天由孙副厂长照顾,冬天由车间周主任照顾。

　　此时正值春季,于是会后张秘书就叫王老头把那条德国狗抱来,交给李厂长。谁想王老头朝他两手一摊,说:"还有什么德国狗?两个月前就被人偷走了!"

(邹黎阳)

(**题图**:刘斌昆)

四字真言

　　腊月二十六日上午,大河乡宣传干事郭锋正在街上办年货,腰里的 BP 机响了,一看是书记呼他呢,撒手就往乡政府跑。

　　郭锋奔上二楼,来到乡党委书记陈书立的办公室,陈书记对他说:"县里让各乡镇党委书记写篇署名文章,内容是谈新千年工作计划,刊发在县里的报纸上。你是咱乡的笔杆子,你的水平就是我的水平,你写吧!"

　　郭锋点点头说:"好! 陈书记,那就请你讲个思路吧!"

　　陈书记朝他摆摆手:"那些计划,大会、小会成天讲,你都知道,自己写去吧,我忙。"

　　郭锋问什么时候交稿,陈书记说:"明天吧。"

　　郭锋说:"那我现在就回去写。"于是立刻回家,坐下来写稿。

因为是陈书记的署名文章，一点不能马虎，所以关于文章用什么样的标题，郭锋想了好久方才落笔，至于内容，因为他熟悉，所以一气呵成，他自己觉得很满意。

第二天，郭锋把写好的文章送到陈书记那里，陈书记一目十行地翻了翻，脸色很难看，训他道："看你咋写的？拿回去再改改！"

走出陈书记的办公室，郭锋心里不由犯起嘀咕来：陈书记又没仔细看，咋知道我写得不中？就是不中，怎么改你说具体点，也好让我心里有个数啊。可陈书记不说，他不敢问。

回到家里，郭锋仔仔细细把文章重新看了一遍，实在觉得无从下手，苦思冥想了一上午，忽然直拍自己的脑门。为啥？发展小辣椒是今年全乡富民工程的重头戏，自己咋就忘了写？到底是陈书记水平高啊，别看他看稿一目十行，就是心里有数。

下午，郭锋把改好的文章重新拿去给陈书记看，正巧乡长也在。陈书记一目十行地把文章看了一遍，脸色还是很难看，可能是碍于乡长在，他说话没有上午那么冲，只是对郭锋说："再拿回去想想，看把什么漏了。"

郭锋当然心里郁闷，回去后再把文章重新读一遍，觉得该写的都写了，陈书记说"漏了"，到底"漏"的是什么呢？他实在想不出什么来，于是就去找乡党委秘书高华，年近五十的高华搞了多年的材料工作，可谓经验丰富，而且为人也和气，郭锋平时工作上遇到什么难题去找他，他都很热情。

高华听郭锋把前后事情一说，又看了一遍他写的文章，沉吟半晌，分析说："去年乡里旱灾严重，各村庄稼几乎绝收，所以今年全乡的工作重点是兴修水渠。既然是重点，你文章中这方面的笔墨显然还不够。陈书记不满意，会不会是这个原因？"

郭锋一听，一巴掌拍到大腿上："对呀，老高，我咋就没意识到这一点呢？"于是立刻再改。

　　这回郭峰信心十足:有老高指点修改,陈书记准没什么可说了。可谁知拿去给陈书记看,陈书记只是瞥一眼,就很气恼地把它甩在桌子上。

　　这下郭峰彻底糊涂了,回来对高华一说,高华也愣了。

　　不过,高华给郭锋出了个主意,对他说:"你不如去找找陈宽,他会揣测领导心思,要不人家怎么会说他是领导肚里的'蛔虫'? 他两年前就从一般干部被提升为副乡长,听说最近还要提,说不定那个空出来的副书记位子以后就是他来坐。你找他去,听他怎么说。"

　　郭锋觉得高华这说法有道理,于是立刻心急火燎找到陈宽,把自己的难处一股脑儿全倒了出来。

　　陈宽不愧是陈宽,人家真就跟书记一个水平,接过稿子也不用一目十行地看,只一眼就瞅出毛病了。"只差四个字!"他说。

　　郭锋惊得张口结舌:"不……不会……不会吧?"

　　陈宽笑笑:"你不信? 不信就算,我还有事儿呢!"

　　陈宽说着就要走,郭锋伸手把他拉住了:"我信,我信。你就行行好,赶快告诉我是哪四个字吧!"

　　陈宽不饶他,说:"那你得先请客。"

　　郭峰心里免不了犯嘀咕:陈宽根本就没有看内容,咋知道他那四个字我文章里就一定没有呢? 不过,万一真就是因为这个原因,他陈宽不说自己咋猜得出来? 没办法,他只好让陈宽用摩托车载着自己来到银河酒楼,要了一个包间。

　　酒喝掉一斤多的时候,陈宽搂着小姐跳起了舞,还吩咐郭锋说:"你下去看看我的摩托车,别让人推走了。"

　　郭锋笑他这是"杞人忧天":"没事儿,好好锁着呢,怕什么?"

　　陈宽不放心:"你不知道,这地方乱。"

　　郭锋就只好下去看。谁知看了回上楼来,却推不开包间的门了,他这才明白陈宽干吗多事。想想这小子嫖小姐的钱也得由他来付,心里的气就不打一处来。

在门外足足等了半晌,陈宽才开门。想他喝也喝了,玩也玩了,郭锋便道:"陈乡长,可把那四个字说出来了吧?"

陈宽神气活现地朝他一努嘴:"你先去结账。"

郭锋自然照办了。待他结账回来,陈宽总算把稿子扔出来了:"拿去吧,四个字给你添上了。"

郭锋一页一页地看,可是看到最后也没发现陈宽添上的那四个字在哪里。他知道自己被陈宽耍了,恼得上去一把薅住陈宽的衣领吼道:"你……你居然敢捉弄老子?"

陈宽一脸的委屈:"我不是给你添上了吗?"

"在哪? 我眼睛又没瞎,我咋没看见?"

陈宽立刻伸过手去,指着文章标题下面的署名,对他说:"不写在这儿嘛!"

郭锋一看,这才发现,他原来署的是"大河乡党委书记陈书立",现在在前面多了四个字:县委委员。

陈宽说:"上个月县里开党代会,陈书记在会上当选为县委委员,这么好的机会,你咋不给他写出来?"

郭锋气得直扇自己嘴巴,为这四个字,害得他今天请客花去了两个月的工资。

难道陈书记真就为这个原因? 郭锋拿着加了这四个字的稿子去见陈书记,果然,陈书记这回终于满意地笑了,对他说:"送报社去吧!"

走在去报社的路上,郭锋禁不住感慨万分:几易其稿,泼墨如云,连篇累牍大改动,什么富民工程呀、兴修水渠呀,全抵不住那四个字——县委委员!

(王喜成)

(题图:黄全昌)

举手表决

　　江南发大水那年,百万富翁张老板和他年轻漂亮的女秘书小王、财务科长老李、销售科长老赵,被困在了一棵梧桐树上。

　　洪水越涨越高,眼看梧桐树有被冲倒的危险,张老板对那三个人说:"你们谁会水的?马上下去,到对面那棵树上去。快!"

　　可是那三个人看看大树下汹涌的洪水,谁也不吭声。

　　张老板没了辙,于是就点销售科长老赵的名。

　　赵科长心里暗骂:"妈的,老子平日里鞍前马后,腿肚子都跑断了筋,才给你挣来这百万家业,你这时候反倒卸磨杀驴?你这个没良心的东西!"

　　可他嘴里却说:"老板,其实我早就想下去了。可您不知道,我是个旱鸭子,平时洗脸都不敢把水打得太多,生怕晕在洗脸盆里出不来。"

张老板一听,连洗脸都怕晕水,还谈什么会水?于是一扭头,点了财务科李科长的名。

李科长原先估计张老板不会让自己下去,因为老板发家他是有汗马功劳的,偷逃税款,巧立名目做假账,哪一次不是他亲手操办?没想关键时候老板居然还是甩了他。

他心里一阵冰凉,嘴里辩解道:"老板,我可是死心塌地跟了你多年呀,你有了难处,哪一回不是我帮你过的关?你可不能把我当外人哪!再说我哪会什么水,这一下去要是上不来,我家中那八十岁的老娘谁来养啊……"

李科长还在喋喋不休地叨咕,张老板却不想听了,只好对女秘书发话:"小王啊,你不是在去年全市业余游泳比赛中拿了三等奖吗?对面那棵树距离也不远,还是你游过去吧!"

小王一听张老板要她下去,吓得脸都白了:这滔滔洪水能跟游泳池里的水比吗?

她也顾不上发嗲了,急得朝张老板直嚷嚷:"那怎么行?他们大男人不下,让我一个弱女子下,没有这种道理嘛!再说我下去了,以后……以后谁来照顾你哪?"

说了半天,兜了一圈,这棵摇摇欲坠的树上,仍然还是四个人。

情况越来越紧急,跟看就要树倒人全亡了,怎么办?

只见张老板稳了稳神,高声对那三个人说:"这样吧!既然大家以前的贡献都很大,以后的工作也都很重要,而且一个都不会游泳,但我们总不能统统吊死在一棵树上吧?所以现在我决定举手表决,我点到谁,同意他下去的就举手。可以举一只手,也可以举两只手,一只手算一票,谁得票最多谁就必须下去。"

"好!好!好!"其余三个人都表示同意。

于是略一停顿,张老板就宣布:"同意我第一个下水的,举手。"

说时迟、那时快,王秘书、李科长、赵科长,三个人几乎没作任何考虑,毫不犹豫地同时举起了两只手。

也就在此时,一个巨浪打来,梧桐树猛一抖动,三个人虽然还坐在树杈上,却由于都脱了手,身体一下子失去了重心,"扑通、扑通、扑通"全部落下水去。

张老板独自在树上,鼻子里"哼"了一声,冷笑着说:"跟我玩这一手?你们还嫩了点!"

谁知他话音刚落,在水里挣扎的王秘书手一划拉,正好抓住张老板的脚,她尖着嗓门叫:"老板,我要和你在一起……"

又一个浪头打来,几秒钟的工夫,四个人都不见了影。

(魏锦池)

(题图:李 加)

拼死吃河豚

  姜四和韩五是一对坏货,为捞钱什么事都敢干,虽说曾在监狱里呆过,可出来后却仍然恶性不改。

  一天,两人凑到一家小酒馆里喝酒,酒酣耳热之际,韩五舌头发硬,说他有个姓何的邻居非常有钱,他准备绑架何家六岁的宝宝,诈他家的钱。

  姜四一听顿时两眼放光,说:"嗨,咱俩想到一块儿了,'拼死吃河豚',我也正想绑架我邻居老孔家五岁的贝贝呢。"

  两人越说越兴奋。

  从酒馆出来,姜四就准备动手,可他邻居孔家的保姆非常精明,幼儿园接送路上从不离开贝贝一步,姜四一连瞅了好几天,也没寻到下手的机会。

这天,姜四在家里正犯愁,没想到韩五骑着崭新的大摩托来了,一进屋就跷起个二郎腿,从口袋里掏出个存单在姜四眼前直晃。

姜四咂着嘴羡慕道:"这么多钱,莫非……"

韩五可得意了,咧嘴说:"成了!前天我打探到老何夫妻俩去参加朋友婚礼,正在酒店吃饭,就趁机去他家绑了他们的宝宝。他家有个老太,又聋又瘫,根本不济事,可宝宝这家伙别看小,叫得真厉害。我怕宝宝以后认出我,干脆一刀捅了,带回来藏进自家立柜里,天黑后把尸体扔进河里。当晚我给老何打电话,开口就要二十万。你猜咋的?老何一口答应,只求我别委屈宝宝。老何是个大经理,这几个钱还不是小菜一碟?"

韩五说到这里,朝姜四挤挤眼:"我明天就出门去了,好好玩它几天。你怎么样,咋还不下手?"

这话问得姜四脸上红一阵、白一阵,送走韩五后,姜四狠狠抽了自己一个耳光:"我可不做孬种!"他于是就又开始琢磨起来,整天瞅着孔家,想找机会下手。

一次,姜四见孔家保姆出来上厕所,贝贝独自一个人在院子里玩耍,姜四瞧瞧四周无人,就赶紧蹿过去,挟起贝贝跑回自己家,也把他藏在立柜里,然后捏着个鼻子给孔家打电话。万没想到孔家竟与他讨价还价,最后才答应给四万元。

算了,四万就四万吧,总比没有的好!

得手后,姜四给韩五打电话,接电话的是韩五的老婆。没想到对方人没说话倒先哭了起来:"是姜四吗?韩五刚刚被警察铐走啦!"

姜四一听,头皮直发麻,他预感到不妙,三十六计走为上。可他刚下了一层楼梯,就被十多支枪围住了,只好束手就擒。

姜四以绑架罪被判死缓,法庭上,法官让他做最后陈述,他说:"我罪有应得,但我想知道韩五咋没受审?"

　　法官说:"韩五昨天被判有期徒刑三年,并被没收赃款。"

　　姜四一听,觉得自己太冤枉,说:"你们搞错了吧? 韩五钱要得比我多,还撕了票,无论从哪方面来说,他的罪都比我大,他咋才判三年? 不行,我要上诉。"

　　法官的态度非常严肃,说:"姜四,你可以上诉。但我告诉你,你跟韩五犯罪的性质还不完全一样。你绑架的贝贝是一个只有五岁的儿童,而韩五绑杀的是一只德国沙皮狗……"

　　"什么?"姜四一听愣住了,"咚"地一声跪倒在地上……

(刘京平)

(题图:李　加)

谁瞎眼了

　　系统开会，按惯例大伙儿和领导们一起拍了个集体照。摄影小刘连夜冲洗赶印，想趁大家回去之前把照片送到各位手上。谁知洗印出来一看，他傻眼了。

　　为什么？照片上，一个年轻的副局长眼睛被照瞎了。眼看这副局长下个月就要坐上局长的位子了，这么重要的角色，怎么偏偏就把他的眼睛给照瞎了呢？

　　临时被抽调来帮忙搞会务的小李一看，忍不住埋怨小刘说："你也真是的，又不是第一次照相，以前几百人的照片都没闪失过，这次怎么会误事呢？这张照片明摆着不能用了，咱们得赶紧想办法……"说到这里，他灵机一动，打起了电脑的主意，"不是说电脑照片上人的头像可以'移花接木'吗？要不咱们试试？"

可小刘一听,坚决摇头:"不行,不行,这么干若是被领导知道了反而不好。现在只有一个办法:重照!那些开会的人这两天不是都去旅游了吗?你找个理由,等他们回来了立刻把他们召集拢来,再照一次。"

小李一听脸就拉长了:召集那些来开会的人还好办,随便找个什么理由都行,可要把领导们一个个再请来,这就不是随便说说的呀!小李哭丧着脸,求救似的看着小刘。

好一阵犯难,小刘终于想出个主意,对小李说:"这样吧,你以会务组的名义给领导们发个邀请,再专门去请那个副局长一次,就说希望领导们百忙之中再抽点时间出来为代表们送行,以示对这次会议的特别重视,也便于代表们回到各自单位后更好地贯彻落实会议精神。"

小李当然只能去试试,照片没拍好,他也无法向领导们交代呀!于是第二天一上班,他就赶快给那些"长"字辈领导打电话,为了确保万无一失,还特地到那个副局长的办公室去请他。整整忙了一天,总算领导们都答应到时候一定再来一次,小李的心这才放了下来。

隔了一天,大约是下午四点左右,旅游观光的代表们风尘仆仆地回来了,那些领导们也陆陆续续地到了。代表们一下旅游车,小李就把他们拦在宾馆门口,他朝小刘眨眨眼,举起事先准备好的话筒,大声说:"同志们,告诉大家一个鼓舞人心的消息,今天,我们尊敬的领导们特地从百忙中赶来,为大家送行,机会难得,所以请大家先到台阶上集中一下,我们请领导们再和大家合个影。"

此时,小刘已经把照相机用支架撑起来了,台阶下第一排让领导们端坐的位子也摆好了,他有条不紊地指挥大家排队形,然后退回到支架旁,大声说:"请大家不要乱动,都看着我这里,精神点儿,笑一笑。预备———一、二、三!"只听"喀嚓"一声,小刘按下了快门。

"好嘞!"他显得非常满意。

小李却有点不放心,悄悄在旁边提醒说:"保险点儿,要不要再来一张?"

小刘胸有成竹地拍拍胸:"不必了,这回绝对没问题!"

样片很快就冲洗出来了,果然照片上每双眼睛都炯炯有神,尤其是那个副局长。

小李一边替小刘叫好,一边在心里纳闷:既然这次拍得这么有把握,那上次怎么会失手呢?

小刘好像看出了小李的心思,诡秘地冲他笑笑,然后把上次那张照片塞过来,说:"没看出其中的名堂吧? 好好再看看!"

小李把前后两张照片放在一起,仔细地比着看。这一看,果然看出了名堂:那个原先睁不开眼睛的年轻的副局长,在这次照片里往中间移了一个位子,坐在老局长的旁边。

小李疑惑地问:"难道是你这次排座有讲究? 他上次总不会是故意把眼睛闭上的吧?"

"我可没这么说。"小刘狡黠地看着小李,只是笑。

小李再一次傻眼了!

(张　湃)

<div style="text-align: right">(题图:箭　中)</div>

梦见妻子

张局长的妻子出了车祸,来不及送进医院,路上就断了气。

这天夜里,张局长做梦梦到老婆,披头散发,破衣烂衫,哭着对张局长说:"都是你害的我呀!"

张局长不解:"你这话从何说起?"

老婆伤心地数落他道:"你要是不贪污不受贿,我们哪来的钱买'奥迪'?我要是不开车,怎么会出这车祸?"

张局长摸着自己的后脑勺,委屈地申辩道:"你咋这么说话?当初买车还不是你在后面逼的我?"

"算了,算了,"老婆点着张局长的额头说,"现在再怨你也没用了,看在咱们曾经夫妻一场的分上,有件事你帮帮我的忙。"

"什么事?"

"你知道现在管我的是谁？就是去年被你做手脚诬报错判的那个修主任,他现在把气都出在我头上,给我吃猪狗食,喝洗脚水。唉,你得赶快来救我。"

"救你?"张局长只觉得一股寒气从自己的脚底心直往上蹿,"我怎么去救你?莫非你要我也死?求求你,我的好老婆,你就饶了我吧!"

老婆朝他眼一瞪:"你瞎说个屁,那姓修的老婆不是在你手下做事吗?你赶紧提拔她,再到姓修的坟上去给他赔个不是,我的事不就结了?"

"这倒也是呀!"张局长一听老婆不是要自己跟着一块儿死,一高兴,醒了。

第二天起床后,张局长仔仔细细把昨夜的梦回想了一遍,觉得宁可信其有,不可信其无,便找了个借口,将修主任的老婆从伙房调到了行政科,他自己还真去修主任坟上烧香磕头,又是赔礼又是道歉。

没想张局长这一招还真灵验了,三天后的一个晚上,老婆就神采飞扬地来到他梦里,说修主任已经把她调到身边做秘书长了。而且,为了表示感谢,修主任居然还让她转告张局长,市里黄市长阳寿将尽,接替他的将是牛副市长,张局长如果要升官发财,得赶紧把靠山找好。

这回张局长不再犹豫了,第二天就从某包工头那儿支了十万元,巴巴结结给牛副市长送去,以后又不断地找各种借口往牛副市长家里送东西,很快与牛副市长称兄道弟起来。

可令张局长不解的是,几个月过去了,黄市长依然精神得很,张局长懊恼不已,当初怎么没问清楚黄市长到底何时归西。而且奇怪的是,这段时间老婆竟一次也没再来托梦给他。

就在张局长焦灼万分的时候,谁想这天夜里修主任竟自己来到张局长的梦里。修主任乐呵呵地两手抱拳对张局长说:"恭喜恭喜,你们夫妻俩很快就要团圆啦!"

张局长一惊:"你这话是从何说起?"

修主任阴笑着说:"当初你为了当上一把手,不惜手段来对付我,这个仇我岂能不报?实话告诉你吧,阳寿将尽的哪里是黄市长,是那个姓牛的!那家伙太贪,现在检察院正在查他哩。哈哈,为了让你能尽早和你那个连给你托梦的自由都没有的老婆团圆,我略施小计,就把你和姓牛的家伙拴在了一起!"

"你这个混蛋!"张局长没想到自己这么轻易就栽在了对方手里,拔拳就打了过去,一用力,醒了。想起刚才的梦境,他惊出一身冷汗。

（于建勇）

（题图:魏忠善）

竞选主任

　　任家沟这段时间比过年还热闹,村民委员会换届选举的工作到了冲刺阶段。

　　候选人任三杰见李大春和赵兴旺为了把村委会的大印夺到手,使出浑身解数讨好村民,不由暗暗着急。自己找谁帮忙呢?他突然想起一个人来。谁?王诸葛。

　　别看王诸葛啥都不是,可村里就数他说话有分量。任三杰连夜找到他,想让他帮自己多拉几张选票。王诸葛一听,连连摇头:"我哪有那么大本事?你得让大家心服口服地选你。"任三杰一把拽住王诸葛说:"大春和兴旺不就是给老少爷们发了两条毛巾、三块香皂吗?等我当上村委会主任,大家要啥我发啥!"

　　王诸葛一听,悠悠地说:"今天我从老娘舅家回来,人家那村里,候选人都较着劲给村民送录音机、电风扇哩!"任三杰眼一瞪:"你是说,我也每家弄个录音机送?"王诸葛笑了:"依我看录音机过时了,你送电风扇。大伙儿拿到这个高兴,还能不选你?"任三杰一听,这主意不错,眼下就是赔上血本也得确保自己被选上。选上了,以后还怕捞不回来?于是一夜盘算后,第二天鸡叫头遍就起了个大早,去了县城。

回来之后,他挨个串起门来。先到村头第一家,掏出一张条递过去,说:"这是'美的'电风扇的票子,我若当上村委会主任,你们就凭这去县城百货公司领,当不上的话,票自然也没用了。大家伙就看着办吧!"接着,他到王诸葛家。王诸葛不在,家里人说,李大春大清老早的就把王诸葛叫去帮着给大家伙发高压锅去了。任三杰听了心里一"咯噔":坏了!人家又出新花样了。

正在这时候,王诸葛拎着个高压锅回来了,见了任三杰就说:"三杰,你看看人家大春,这事办得多讲究!给你透露点吧,刚才我回来的路上遇见兴旺,他准备要给每家发两袋化肥哩!"任三杰听得浑身的冷汗直往外冒:唉,自己真是抠死了,什么选上了才能凭票领,谁信这个,拿到手里才是真的啊!他连忙从王诸葛家跑出来,给县城百货公司打电话,又挨门挨户通知大家伙,想去领电风扇随时都行。

这下好了,全村老少爷们喜气洋洋地领高压锅,领电风扇,地里该上的化肥也不用自个儿掏钱去买了。嘿,可谁想到了选举结果出来,三个人都傻了,谁的票数也不过半,还得再重新选。

任三杰垂头丧气地找到王诸葛,王诸葛说:"问题不明摆在那里嘛,你们三个花的钱不相上下,老百姓分不出个高低来,当然是选谁的都有。"任三杰问:"那……我下一步该咋办?"王诸葛想了想,说:"反正还得进行第二轮选举,你不如趁早下手,这回狠狠地放血,他们两家的条件哪能跟你比呀?舍不得孩子套不住狼,你花钱铺路,后面我给你游说。"

两人商量了半夜,认为给每家发辆自行车比较合适。任三杰于是把他的全部积蓄都拿出来,第二天又是起了个大早,去县百货公司谈价开票,然后叫了辆大卡车去仓库提货。

没想半路上,一辆小货车从任三杰眼前一驶而过,任三杰看到驾驶室里坐的好像是李大春,心里不由慌起来:这家伙,又动什么鬼脑筋了? 回到村里才知道,李大春这回给全村每家送了一个VCD机子,他当然不甘落后,赶紧把自行车也给每家送去。

办完事儿,天都快黑了。回家路上,赵兴旺正好骑车迎面过来,赵兴旺看到任三杰就跳下车来,用商量的口气开门见山对他说:“老兄,别再争了,你退出竞选吧,以前的花费我全给你报销。”任三杰不屑一顾,别转头说:“喊! 跟我来这儿充大头蒜,有本事就拼到底。”赵兴旺见他这模样也不生气,不紧不慢地从衣兜里掏出一打卡片,在任三杰眼前晃了晃,说:“呵呵,也罢也罢,我呀,这回是给每家发一台双缸洗衣机。”

不就是选个村主任嘛,这三个人真是铆足了劲儿。可问题是第二轮投票结果出来,他们各自的选票仍然都没有过半数。这下好了,全村人情绪更加高涨,见了他们就问下次准备发什么。

任三杰决定不能再让王诸葛出主意了,他直接找到在信用社当主任的小舅子,从他手里贷了一万元钱,准备第三轮选举……可是一个月后,选举结果出来了,任三杰、赵兴旺、李大春三个人全部落选,反倒是另一个人被大家伙儿推上了村委会主任的宝座。谁? 王诸葛。

坐在破旧不堪的村委会办公室里,王诸葛捏着那枚村委会的公章直摇头:“唉,这些老少爷们真是不明事理,接着选他们呗,再弄个三轮五轮的,全村人不就提前奔小康了?”

(金　华)

(题图:李　加)

击 中 要 害

一定有好些事情,让你一头雾水,无从下手。没准关键就是你没得要领,击不中要害。

原来如此

　　阿超到县郊出差,中午走进一家路边小店吃中饭。只见店堂墙上写着八个红漆大字:主动、热情、耐心、周到。阿超看了心里热乎乎的,便找了个临窗的位子坐了下来。

　　谁知坐了一会,没人来理会,叫了几声服务员,也没人搭理。原来,几个服务员正挤在一堆,在叽叽喳喳地议论彼此的发型和服饰。

　　左边桌上坐着一位老头,朝阿超眨眨眼睛说:"我已经等了十分钟了,你也耐心等着吧!"

　　看来墙上这八个字是做做样子的,阿超心里顿时就冷了下来,但想想也就是临时填饱一顿肚子罢了,阿超懒得再换饭店,等就等吧,路上也累了,就趁此机会休息一会吧。

可谁知等了好长时间,一个服务员才慢慢吞吞地走过来,问他们点什么饭菜。左边桌上的老头要了一盆清炒肉片,一碗蛋汤和三两米饭。阿超因为是第一次来这里,不知点什么好,于是便要了与老头同样的菜。

又等了大约一刻钟,饭菜总算端上来了,不过还少了只汤,老头等不及,先吃了起来。只见他尝一口,皱了皱眉头,随手从袋里摸出一个纸包,朝碗里抖了抖。

老头问阿超:"你菜里放盐了吗?"

阿超赶紧尝一口自己碗里的,一点味道也没有。

老头把纸包递给阿超:"你也来一点。这家饭店我不是第一次进来了,实在因为附近没有一家像样的店家,只好到这里来。我看着他们装修,原来以为服务质量会提高,想不到还是老样子,提了意见也没用。你看,今天这菜又忘了放盐,不是第一次了!"老人边吃边摇头。

阿超听着老头的诉说,不由朝墙上那八个红漆大字瞥了一眼。

老头鼻子里"哼"了一声,调侃说:"那是写给上级领导看的!当然啰,也是写给我们顾客看的。它不是在提醒我们嘛,招呼服务员要主动,和服务员说话要热情,吃饭要耐心地等,吃饭时要自己想周到。所以啊,你就慢慢地吃吧,汤还不知道什么时候来呢!"

果然,等了好长时间,汤还没有端上来。

(朱超峰 改编)

(题图:李 加)

课桌效应

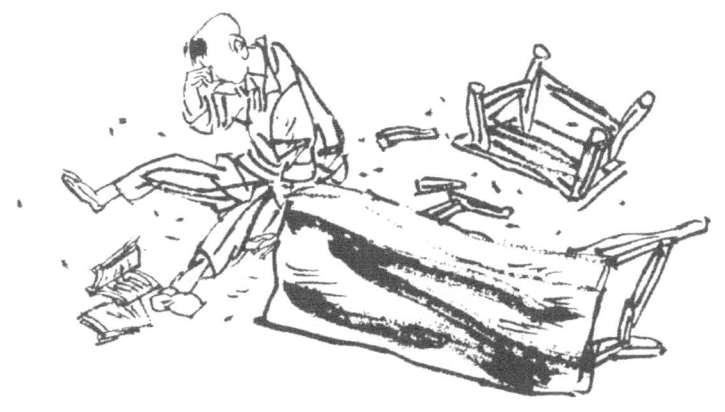

　　小小红刚县,是出了名的贫困县。县里穷,下面就苦,最倒霉的是学校。

　　别的不说,就说县城那所中心小学吧,教师没有宿舍,学生的课桌大多会摇的,连教室也是屋顶开天窗,墙壁有裂缝,全是危房。学校多次打报告要求拨款改造,但上面总说:"唉呀,我们县是省里挂了号的重点扶贫对象,哪有钱造学校呀?再艰苦一下,将就着用吧!别急,总会好起来的。"

　　有一天,校长得到消息,说省里又拨下来一笔扶贫款,数目还不小,便直奔教委。教委说这事要找"扶贫办",校长又厚着脸皮找到扶贫办,诉了一顿苦,求主任开恩,多少给一点,以解燃眉之急。校长的态度十分恳切,就差没有抹眼泪下跪了。

　　可是扶贫办主任却无动于衷，说："我知道你们学校有困难，但比你们困难大的还多着呢！省里最近是拨来一笔扶贫款，可这就像胡椒面，只能到处撒撒，如果拨给你们建房，其他地方咋办？"

　　听扶贫办主任这么一说，校长只得悻悻而归。可一路上他越想越生气，因为他知道，扶贫办主任就曾经拨了一大笔款子给他自己的老家修公路，说什么"若要富先修路"，还拨了一笔款子给一个朋友搞房地产开发，说是让一部分人先富起来，才能带动全县人民脱贫致富。校长刚才真想拿这些事去驳斥他，就是没敢说……

　　校长像泄了气的皮球回到学校，刚刚踏进校门，五（2）班的班主任就拉住他直诉苦："校长，我们班有张课桌已经破得实在不能用了，分给哪个娃都不要，你看咋办？"

　　校长没好气地说："那就给那些当官的娃，让他们体会体会。"

　　这本是校长一句气话，可五（2）班的班主任却真就那么干了，因为他觉得这办法好，可以减少干部子女的优越感。可是他们班里干部子女有七个，该让谁用这张破课桌呢？嘿，这班主任也真是有意思，他一查一比较，李长江同学的爸爸职位最高，"官"大为先，就让他用这张破桌吧。

　　也真是无巧不成书！谁知李长江的爸爸，正好就是那位扶贫办主任。别看李主任平时盛气凌人，可他儿子李长江在学校里却表现很好，是老师和同学们一致公认的好学生，他分到那张破课桌后，啥也没说，挺乐意地接受了。

　　问题是那张课桌实在太破了，一条腿已经摇摇欲坠，如果写字的时候不用膝盖顶住，非倒不可。你想想，一天到晚用膝盖顶着桌子听课做作业，那该有多难受？可他又不敢对爸爸说，因为他们这一个家是：他怕爸爸，爸爸怕妈妈，妈妈怕他。所以李长江只有趁爸爸不在时,把关于这张课桌的事告诉妈妈。

妈妈一听急了:"你这孩子,为什么不早说? 我找你们老师去。"

李妈妈心急火燎赶到学校,特地去儿子教室看那张课桌。看了以后心疼呀,找到班主任说:"老师,怎么让我儿子用那样一张课桌? 那么破的桌子,叫他怎么读书写字?"

班主任笑笑说:"是啊,这课桌早该换了,要是校长能给一张新桌,这事不就解决了?"

李妈妈听出了班主任老师的言外之意,于是转身就去找校长。

校长朝她两手一摊,说:"没办法,学校实在拿不出一张哪怕再好一点点的课桌来。而且,课桌好坏还算事小,学校里那些破教室塌了,事就大喽!"

"那你们为啥不打报告向上面要?"

"怎么不打? 教委说没钱,扶贫办有钱,可就是不给我们。"

李妈妈一听校长说扶贫办有钱,鼻子里"哼"了一声,说:"不行,再苦也不能苦了咱们孩子。我帮你们去说!"她别转身就走。

瞧她那风风火火远去的背影,校长差点"扑哧"笑出声来:说不定这钱能要来咯!

再说李妈妈,回到家里,一个电话就打给丈夫:"我说老李,你还要不要儿子?"

李主任丈二和尚摸不着头脑:"我儿子怎么啦?"

李妈妈操着电话筒气呼呼地直吼:"你儿子在学校里上课,用的是三条腿的课桌,教室的顶是漏的,墙壁是裂的,那样的地方能读书吗?"

"那是教委的事,我管不着呀!"

"怎么管不着? 你不是当的扶贫办主任吗? 学校那么穷,你怎么就不去扶一下? 你这主任是怎么当的? 钱在你手里,只要手头紧一紧,挤几万块钱给他们,有什么做不到的? 事情办成了,儿子说你好,学校说你好,全社会都说你好。我就不明白,这样的好事你干吗不赶快去做?"

一番话,训得李主任只得连连称是:"还是夫人有远见。好吧,你让我找个时间好好研究一下。"

"什么找个时间? 我告诉你,你今天就得给我研究。问题不解决,你别想回家!"

真是"夫人出马,一个顶俩"! 没过几天,一笔经费便拨到了学校。有钱好办事,危房和课桌椅于是都得到了修理,虽然没有解决所有问题,但教学环境有了很大改善,全校师生为之眉开眼笑。

事情一经传出,各校纷纷仿效,几乎所有的破课桌椅都安排给当官的子女用上了,有人戏称之为"课桌效应",还说:"课桌不怕破,就看怎么用!"

（作者：林荣芝；讲述者：吴文昶）

（题图：魏忠善）

妙 笔 生 花

　　向家坡是个穷村,村主任赵庸五十多岁了,整天只顾自己喝酒,不管百姓疾苦。

　　那天,他儿子赵宝见一个少女落水,便上去"见义勇为",其实是趁机"浑水摸鱼"。赵主任得知此事,为了往自己脸上贴金,讨得领导欢心,就立刻安排文书将此事写成材料上报镇政府。

　　文书于是便写道:五月七日,我村一位少女从木桥上跌进河里,正在河边打兔子的赵宝发现了,立刻跳进河里将姑娘救起,抱到岸上。这时,姑娘已窒息,赵宝便将她平放在河滩上进行人工呼吸,最后,姑娘终于醒过来了……

　　文书将写完后的材料送到赵主任那里,赵主任一看,觉得不够来劲儿,于是就拿去给村里最有学问的退休老师李茂公看,要他帮忙改改。

李茂公早就想惩治惩治这个"酒囊饭袋"了，就是苦于抓不到机会，现在这家伙自己找上门来，他当然不会放过，于是就装模作样地说："唔，写得确实少劲儿。这样吧，我琢磨琢磨，好好给它加点儿文采。你呢，把信封地址写好，我今晚上改了，明天就帮你寄出去。"

赵主任没想到李茂公答应得这么爽快，于是把信封写好，就高高兴兴地走了。

第二天下午，这份材料果真就出现在了镇长的办公桌上。

只见材料上这么写着：五月七日，我村一位少女从木桥上跌进河里，正在河边"守株待兔"的赵宝立刻见机而救，跳到水里将姑娘拥抱到岸上。这时姑娘已喘不过气来，赵宝将她平放在河滩上进行"人工呼吸"，最后，姑娘终于"得救"了。

镇长一看，怎么竟有如此公然荒唐之举，顿时拍案而起……

（李仁虎）

（题图：李　加）

对症下药

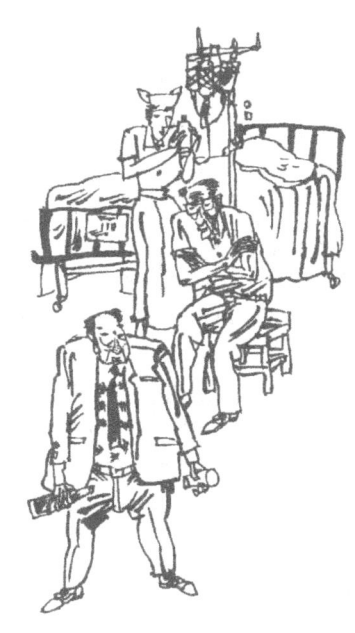

　　老叶自从当上总经理后,由于饭局增多,酒量一天比一天大,成了远近闻名的"酒坛子"。

　　这天晚上,叶总经理又有饭局,去一家宾馆赴宴,酒足饭饱之后,还被安排进了歌舞厅。经不住怀里小姐的软缠硬磨,他后来又灌下十多听"蓝带",开始晕晕乎乎起来。

　　有人见他这样子,便要送他回家。叶总经理笑笑说:"你以为我醉了吗?早着哪,再来一瓶二锅头,我照样自己开车回家。"说完,他跌跌撞撞走出歌舞厅,钻进自己那辆轿车。叶总经理参加这类活动向来自己开车,不带司机,他怕司机成事不足,败事有余。

　　可今天不知怎么搞的,他上车后头发晕、眼发花,方向盘也握不稳。他知道自己今天是有点喝多了,也知道酒后不能开车,可自己酒坛子名声在外,今天岂能"趴下"? 好在家离宾馆不远,他牙一咬,开起车子就跑。

幸亏一路上人少车稀,车速也不快,叶总经理两只手死死握着方向盘,心里拼命对自己说:坚持住,坚持住,到了,很快就到家了! 他以为自己把车开得很稳,心里甚至还有点得意,可实际上这辆车路上一直在"扭秧歌",左右摇摆得厉害,开了没多少时候,就"咣"一声撞到路边的护栏上去了。护栏毁了不说,车翻了好几个身,多亏后来一辆出租车路过发现,司机将被撞得鲜血淋漓的叶总经理从破车里拖出来,送进医院抢救。

医生给叶总经理作了全面检查,发现他腿部受了重伤,由于失血过多,已经休克,决定立即给他输血。

很快,二百毫升血输进了叶总经理的血管里,可奇怪的是,他依然昏迷不醒。医生怕他还有其他隐性的致命伤,立刻又对他做了一次全面检查,结果什么新的发现也没有。医生决定再给他输一次血。

又是二百毫升血流进了叶总经理的血管里,但他还是毫无反应。医生想不通这到底是什么原因,便把老主任请了来。

这老主任姓周,从医多年,临床经验十分丰富,他围着叶总经理这里看看,那里摸摸,还嗅了嗅鼻子,看了看血液化验单,然后一摆手,安慰医生说:"没事! 去拿瓶酒精来,保证他药到病除。"

医生弄不懂周主任葫芦里卖的什么药,但酒精还是很快去拿来了。

周主任毫不犹豫地命令说:"输!"

这时候,科里的医生们都已经围拢过来,周主任这一个"输"字,可把他们个个惊得目瞪口呆:这老头是不是老糊涂啦? 怎么给病人输酒精呢? 那个给叶总经理做检查的医生不由叫起来:

"老主任,这合适吗?"

周主任瞪他一眼:"你别婆婆妈妈的,这是治病救人! 快输! 要不就来不及了。"

一瓶酒精很快就输进了叶总经理体内,不一会儿,他鼻翼开始扇动,眼睛也眨了一下,慢慢苏醒过来。

大伙儿松了口气,纷纷问周主任:"老主任,您怎么想到用这个办法的? 我们读书时,老师可从来没有在课堂上讲过呀?"

周主任一听笑了,说:"这叫'对症下药'。不瞒你们说,这个病人我认识,他原来不会喝酒,自从当了总经理,公款吃喝把他喝成了有名的酒坛子。由于'革命的老酒天天醉',血液里酒精浓度过高,他已经适应了这种酒精血液,你给他输血,就如输水,反把酒精浓度冲淡,不但无济于事,相反还有危险。所以只有给他输酒精,以毒攻毒,才能奏效。"

老主任这番话,说得大家哈哈大笑。

据说从那以后,叶总经理的外号改成了"输酒精",许多人碰上他都要打听缘由,害得他再也不敢喝酒了。

（左克平）

（题图:魏忠善）

吓你一跳

郭扁启在法院干了将近十年,最近调到民政局,成了范局长的部下。他和范局长原本就是老相识,只因近几年各自工作忙,才没顾上见,如今到了一起,关系分外亲近,有空时他就到范局长的办公室聊天。

这一天,两个人又聊了起来,聊着聊着,聊到了法院审案的事,这是郭扁启的老本行,话匣子一打开,他滔滔不绝。

范局长饶有兴致地问他:"老郭,你去过法场吗?"

郭扁启说:"处决死囚的刑场,我怎么会没去过? 哎呀,老范,你也应该去那里看看。"

范局长瞪他一眼:"我去这种地方干什么?"

郭扁启说:"那里当然不是什么好玩的地方,不过去见识见识很有必要。你不知道,刑场四周戒备森严,罪犯被押到指定的位置跪下,无论他平时多么神气活现,只要枪一响,都彻底报销。这就叫作罪有应得哇!"

范局长一听,端起杯子喝了一大口茶,然后感慨地说:"不过这种人死倒是死得痛快,没什么痛苦。"

郭扁启朝他摇摇头:"哪能没痛苦,你不知道罢了!就说前不久处决的那个驼背局长,平时心狠手辣,见钱就捞,贪得无厌,连救灾款都敢贪污,可到时候还没押到刑场就吓得动弹不了了,路上屎尿拉了一裤子,害得法警一边拖他,一边还抽出手来捏鼻子……"

郭扁启讲到这里哈哈大笑,范局长趁机去了趟厕所。

回来后,范局长又提出了一个奇怪的问题:"我说老郭,行刑时,要是那个开枪的警察注意力不集中,或者手一哆嗦,子弹打歪了,罪犯死不了,咋办?从前用刀砍头,据说只能砍一刀,现在用枪打,有没有规定最多打几枪?"

郭扁启一听又是一阵哈哈大笑,站起来说:"打几枪有没有规定我不知道,但我告诉你,一枪打过去必死无疑,奥妙就在绳结上。你不知道,死刑犯上刑场都要五花大绑,绑完后打个绳结,这绳结就落在背上对准心脏的部位。到打枪的时候,只要瞄准绳结,'叭'一声心脏开花,哪有不死的道理?"他边讲边比划,最后索性走到范局长背后,用手指对准他后背心脏部位点了一下。

这一点其实没怎么用力,可谁知范局长竟"哎哟"大叫一声,当场跌倒在地上,趴着不动了。

郭扁启见状大吃一惊,急忙抱住他说:"老范,你怎么啦?"

任郭扁启怎么喊,范局长像是受了枪伤似的,只会哼哼,就是站不起来。

这事情惊动了全局上下,大家想了许多办法,都无济于事,只得七手八脚地把范局长抬上车,送进医院。

　　这下轮到医生们忙了,又是做 B 超又是做 CT,还做核磁共振,但办法用尽,却什么毛病也没有检查出来,大家只好把范局长送回家去休养。

　　没想休养来休养去,范局长从此就卧床不起了,稍一动弹就痛得"哇哇"直叫:"我的妈呀,痛死啦!"随即又大骂郭扁启:"这该死的老郭,为什么暗中朝我背上打枪? 我饶不了你这个王八蛋……"

　　全家人都被他闹得日夜不得安宁,他们到处为他请医,可没有一点效果。

　　人们议论说:范局长得的是"心病"。解铃还靠系铃人,这怪病该怎样治,只有他自己心里明白……

(作者:李家法;讲述者:吴文昶)

(题图:箭　中)

猜谜语

　　五羊小学的音乐教师甘露，是五羊镇上出了名的大美人。俗话说："人怕出名猪怕壮。"女人漂亮是资本，也是包袱。镇上一有重大活动，甘露总有出台亮相的任务，不是唱歌跳舞，就是主持朗诵，到后来，索性各种各样的检查组、验收团来，也要她作陪，推都推不掉。

　　这天晚上，她又被叫去，陪县里和镇上重点工程办公室联合组成的督导组吃饭。按老规矩，酒过三巡，菜上五味，酒桌上就进入"黄段子赛讲时段"。所谓黄段子，就是平时不好意思上口的那种下三流段子，趁着酒兴统统搬上桌，大家彼此打闹一番。

　　甘露每次陪客，最不能忍受的，就是听这种东西。现在，她眼看酒桌上有几个人已经摩拳擦掌、跃跃欲讲的样子，灵机一动,赶紧站起来说:"今天我有个好主意,给大家助兴。我呀,从小就喜欢打谜语,今天我就先出个谜语给大家猜猜,怎么样?""好——"一桌人又是喝彩,又是鼓掌。

甘露稍稍想了想,说:"我的谜面是这样的:不怕怀孕,只怕有病;不怕罚款,只怕处分。猜,什么人,做什么事?"一桌人绞尽脑汁猜呀猜,尤其是督导组胖胖的女组长,猜了十几次都被否定了。

甘露说:"谜语一下子被猜出来的,属低水平,没回味;猜上个三五天,才体现真水平。组长回去可以让先生参谋参谋嘛!"

酒宴散席已是深夜十一点多钟了,话说那个胖胖的女组长回到家里,推开房门,她出差回来的丈夫在床上睡得正香。女组长的丈夫是县物资站的主任,今天刚随团从南方考察回来。

俗话说,久别胜新婚。女组长一手掀开丈夫的被子,拧住他的耳朵嗔怒道:"游了半个月,一回来就只晓得睡睡睡!"丈夫被惊醒了,女组长"叭"在他脸上亲了一口,说:"今晚吃饭,有个谜语没猜着,你这次到南方,肯定见识不少,你来猜猜看!"

谁知女组长刚把谜面说出来,她丈夫竟然"扑通"一声滚下了床,跪在地上抖抖索索地对她说:"我……我对不起你。这种事我也不想做,可是我……我熬也熬不住……"女组长听得莫名其妙:"你是睡迷糊了还是有夜游症呀?我是叫你猜谜语。"

她丈夫却跪在地上不肯起来:"老婆,你就别转弯抹角绕圈子了。我晓得,你说的这哪是什么谜语,是老百姓嘴里说的民谣。'不怕怀孕,只怕有病;不怕罚款,只怕处分。'老百姓这是讽刺干部做……做那种事的。那天在海南一个发廊里,我糊里糊涂包了个小姐,刚做完,就被派出所抓住了。当时我就担心,纸包不住火,迟早会被你知道,可没想这么快就传到你……"

女组长一听,傻了眼……

(韩进林)

(题图:魏忠善)

县长打嗝

县长一口酒喝得猛了点,落下个打嗝的毛病。他起初并未在意,以为嗝几下也就过去了,谁知这一嗝却再停不下来。

如果是普通老百姓,打嗝本算不得啥大事情,可现在是县长打嗝,问题就严重了,县长有开不完的会,开会有讲不完的话,讲话时"嗝"声连天,会引起人们哄堂大笑,直接影响县长的工作和形象,因此县长便去了医院。

父母官大驾光临,医院领导自然不敢掉以轻心,书记忙着沏茶递烟,院长亲自把脉诊病,药专拣好的、贵的开。但是,所有治疗打嗝的药都用过了,县长的毛病非但没见减轻,反而越来越厉害。

怎么办呢? 县长想起小时候打嗝,娘总是用某件事情吓他,比如"你看你脚底下踩住了一条蛇",或者"梳头匣里那七十元钱是不是你拿走了"等等。娘一吓他,他就惊喜地发现自己不打嗝了,屡试屡验,百发百中。于是,县长就想找个人来吓吓自己。找娘显然是行不通了,她老人家已经去世多年,可找别人又不合适。想来想去,还是回家找老婆吧。

老婆欣然接受了这一神圣而光荣的任务,可不知该从何处下手,因为她是个缺乏想象力和创造力的女人。情急之中,她只好套用婆婆的老经验:"你看你脚底下踩住一条蛇哩!"

县长一听,气得直翻白眼:"笑呃……话,我堂堂呃……县长,能怕蛇吗?"

于是老婆又吓他:"梳头匣里那七十元钱是不是你拿走了?"

县长真是又好气又好笑:"我能呃……呃在乎区区七十元钱吗?你呃……得拣我最怕的说!"

老婆想了想,就说:"你爹病了!"

县长说:"爹病了怕什么,让司机呃……送他去医院不就得了!"

老婆想了想,又说:"你儿子考试有两门不及格,校长决定让儿子留级。"

县长说:"不像呃……不像,哪个校长呃……敢这么胆大包天?"

老婆没辙了,想来想去就想拿自己试试。

第二天晚上,县长刚进门,老婆就愁眉苦脸地对他说:"我们单位今天组织女工体检,医生说我子宫里长了个瘤子,是恶性的,我活不了几天了!"

"是吗?这呃呃呃……"县长这回打嗝的声音像哭更像笑。

县长在外边有女人,县长老婆是知道的。本来嘛,只要县长不提离婚,她也不想撕破脸皮,毕竟舍不得丢掉"县长夫人"的身份啊,况且县长平时对她还算说得过去。可谁知今天把自己说到绝处了,县长竟然无动于衷,县长老婆不由伤心地哭了起来。

县长自觉漏了心迹,急忙打圆场说:"我是说呃……呃……这太不幸了!你明知道我现在呃……说话难免词不达意,我呃……怎会不着急呢?这样吧,你再拣我要呃……要命处说说试试,不然我的病甭想好了!"

县长老婆虽然明着不和县长闹了,可心中的疙瘩仍未解开,她气狠狠地想:哼,我就拣你要命处说,不信就治不了你!

那天,县长正在开会,突然接到老婆电话:"你快回来,家里出大事了!"

县长挂了电话急忙回家,见家里被翻得乱七八糟,他刚想问是怎么回事,只见老婆披头散发从里屋冲出来,朝他嚷嚷道:"不好了,反贪局来人了……"

谁知县长老婆还没说完,县长腿一软已经出溜到了地上,鼻孔里光有出气没有进气了,还一个劲地翻白眼,急得县长老婆又掐他"人中"又弯他胳膊,好容易才让他睁开眼睛。

老婆说:"你这人咋这么不经吓?你忘了,我这是给你治病哩!"

县长二话不说,"啪"甩了老婆一巴掌:"有你这么不知轻重的吗?"

值得庆幸的是,县长发现自己的打嗝病果然好了。

(刘道存)

(**题图**:李　加)

李县长写春联

　　春节前的一天，河西县李县长在秘书小孙的陪同下，到西山镇检查工作，恰遇县文化局在镇上搞文化下乡活动，三位书法家现场为农民写春联。其中有一位书法家认识李县长，于是就邀李县长也挥毫献联。李县长没有多加推辞，泼墨挥毫，一副春联转眼一挥而就。

　　这时，有个小青年正好路过这里，他看看李县长，又看看那副春联，禁不住连声喊"好"，他向李县长提出，要这副春联。

　　李县长心里当然高兴，就笑着示意他拿走。不料那青年开口道："县长同志，我叫卫大新，麻烦您给在春联上题'赠卫大新同志'几个字，然后再落个款，可以吗？"

　　李县长一听，摇摇头说："这恐怕不合适吧？"

卫大新一看李县长摇头,有点着急,说:"县长同志,我特别喜欢您的墨宝,您今天就好事做到底吧!"

望着他说话时那特别恳切的神态,李县长不忍拒绝,于是就按他要求,提起笔来"刷刷刷"补了几笔,卫大新这才满心欢喜地拿起春联走了。

不料卫大新走后不久,李县长桌前就排起了一字长蛇阵,而且这些求联者都与卫大新一样,要求李县长在春联上题字署名。李县长心中有些不解:写春联又不是发文件,为啥个个都要我署名?他觉得不便当面询问,只好叫来小孙,要他去问个子丑寅卯。

不一会儿,小孙回来了,可见了李县长却躲躲闪闪的就是不开口。

李县长奇怪了,问他:"到底怎么回事?你照实说。"

小孙吞吞吐吐道:"他们……其实他们找你写春联是假,要你写名字才是……是真。他们说,只要把你写过名字的春联往门上一贴,村主任就不敢上门乱收费,也不敢再乱拿东西了。"

李县长一听,哭笑不得。

(刘　德)

(题图:李　加)

童　　心

　　赵局长正在给六岁的孙子讲童话。

　　他说："古时候呀，有一个国王，特别喜欢吃海螺，于是就天天让老百姓到海里去捉，如果捉不到，就大发雷霆，还要把他们一个一个全杀了。老百姓为了活命，只好天天想尽办法去海里捉。可是有一天，他们天没亮就出海了，一直捉到天黑也没捉到，回去怎么向国王交代呢？大家害怕极了。正在这时候，来了一位白须飘飘的老神仙，他安慰大家说'别着急，别着急'，然后对准海滩上的一只癞蛤蟆张开嘴巴，只轻轻一吹，癞蛤蟆顿时就变成了像房子一般大的一只大海螺。大家一看，可高兴了，谢过老神仙，乐呵呵地抬着这只大海螺向国王的城堡走去……"

　　赵局长刚讲到这儿，"叮咚"门铃响了，开门一看，是养殖场的小王和小马,提着三只编织袋,给赵局长送水产品来了。

赵局长赶紧把他们让进屋,习惯地往门外瞅瞅,回身对孙子说:"乖,爷爷有事情要和叔叔说,你先自个儿玩去,回头爷爷再给你接着讲故事,好不好?"孙子很听话,点点头,立刻蹦蹦跳跳地出门去了。

赵局长把门关紧了,转过身来对小王、小马说:"两位辛苦,先喝杯水。你们张场长真是好福气,有你们办事效率如此之高的部下。"

小王、小马抹抹头上的汗水,满脸堆笑说:"赵局长,您客气了,这是我们应该做的,没有您这几年的关怀,就没有我们养殖场的今天。"

"哪里,哪里!"赵局长谦虚地摆摆手,然后"直奔主题"地指着那三只编织袋问:"你们张场长这次给我弄了些什么玩意儿?"

小马说:"一袋甲鱼,一袋龙虾,一袋扇贝。"小王还详细告诉赵局长做这些菜的方法,然后两个人就告辞了。

赵局长前脚送走小王和小马,孙子后脚就回来了,缠着他继续讲故事。

赵局长将孙子抱在膝盖上,慈爱地说:"好,爷爷接着讲故事。那个国王啊,一见人们送来这么一只大海螺,高兴极了,他命令铁匠连夜打造了一个比海螺还要大的蒸锅,把大海螺放在里面蒸熟了,然后就拿了一把大叉子,跳到海螺上边吃肉边往里走,一连吃了三天三夜。大家在外面等国王出来,等啊等啊,谁料三天之后从海螺里蹦出来的竟是一只又大又丑的癞蛤蟆。原来呀,贪吃的国王变成癞蛤蟆啦!从此以后,这只癞蛤蟆不管蹦到哪里,谁见了都用唾液吐它,用石头扔它,它成了人人讨厌的家伙啦!"

为了讲得更形象,赵局长一边讲还一边给孙子表演癞蛤蟆又蹦又跳的滑稽动作,把孙子逗得拍着小手直喊:"打癞蛤蟆喽,打癞蛤蟆喽!"

这天中午吃饭的时候,小王、小马送来的甲鱼、龙虾和扇贝,就成了赵局长一家午餐桌上的美味佳肴,赵局长吃得津津有味,可是他孙子的神色却有些怪怪的。

孙子突然很认真地问赵局长:"爷爷,王八是什么?"

赵局长哈哈大笑,指着放在中间的一个菜盘子说:"傻孩子,这不就是王八么?叔叔送来的甲鱼,平时大家都叫它王八。"说着,赵局长还用筷子夹了一块甲鱼肉,放进孙子的小碗里。

可谁知,孙子却立刻把它扔在地板上。

赵局长惊异地问:"乖乖,不爱吃?"

孙子的小嘴绷得紧紧的,不说话,一双小眼睛惊恐地盯着甲鱼盘子。

赵局长笑了:"傻孩子,怕什么,王八的味道可好啦!"他一边说,一边夹了一块甲鱼肉,往自己嘴里塞。

"爷爷,不要!"孙子突然大声哭起来,伸出小手抓过赵局长筷子上的甲鱼肉,也把它扔到了地上。孙子一头扑进赵局长怀里,搂着他的脖子直嚷嚷,"我不要爷爷变王八,我不要爷爷变王八!"

赵局长一愣,忙问是怎么回事。

孙子抹着泪说:"那两个叔叔是坏人,我听见他们在门外说,谁吃了他们送的王八,谁就会变成王八!"

赵局长一听,握筷子的手僵在半空中,再也放不下去了⋯⋯

(尹利华)

(**题图:**张　恢)

档次

　　科长平时工作很忙,整天陪局长干这干那的,虽说在科里工作了那么多年,可他从没跟大伙儿吃过饭。一天,不知是谁提起这事儿,科长一听笑了,爽快地说:"那好,咱们今天下班就去撮一顿,饭店你们定。"

　　于是下班后,大伙儿就把科长带到附近一家饭店。所以选这家饭店,大伙儿是经过商量的:这儿的菜味道不错,价格也适中,在这里吃,一方面照顾了科长的钱包,另外一方面,也不会让科长觉得太丢脸。

　　可谁知科长并没有像大家想象的那样高兴,对选这家饭店好像不太满意。点菜的时候,他不顾大伙儿的阻拦,硬是点了一大桌子的菜,还尽挑贵的点。

大伙儿一看科长这个样子,明白了:科长是觉得大家看不起他,嫌挑的饭店档次太低。为了活跃气氛,大伙儿于是就故意和科长插科打诨,轮番敬酒。两杯酒下肚后,科长脸上总算有了笑容。

吃完饭,科长埋单。那服务员把账单递给科长,没想科长一看竟面露愁容。

大伙儿奇怪了:这顿饭应该不会太贵的呀?

只见科长在服务员耳边嘀咕了几句,又嘀咕了几句,然后才拿出信用卡付账。

大伙儿很是不解:难道科长是在和服务员还价? 科长觉得这顿饭贵了? 一时,包房里的气氛倒是有点尴尬。

直到服务员后来提着十几只烤鸭进来,大伙儿才知道原来科长刚才和服务员嘀咕了又嘀咕,是要送大伙烤鸭。大家当然高兴,也有点不好意思:"科长,我们又吃又拿,太让你破费了!"

科长大度地朝大家摆摆手,说:"各位,告诉你们实话吧! 这钱不是从我腰包里掏的,我打算回去以招待局长的名义报销。可咱们吃得档次太低,不再凑点儿,谁会相信请局长吃一顿饭只花这点钱?"

科长此话一出,席间顿时鸦雀无声……

(张　诚)

(题图:李　加)

嬉 笑 调 侃

古今多少事,都付与笑谈中,何况寻常百姓家;他们小打小闹小折腾后,也惹你哑然失笑。

和省劳模合影

　　袁局长亲自到火车站去接老牛,他的奥迪车前还特地挂了一条红幅:欢迎省劳模牛田富光荣归来。袁局长直接把老牛从车站接到了酒楼,十多位副局长,还有各科室主任之类的官员,一起作陪,领导们集体为老牛接风洗尘,纷纷向他敬酒。

　　老牛是局机关一名普通的办事员,说实话还从未经历过这样的场面,而且也不会喝酒,现在被领导们这么一"围攻",紧张得手脚都不知往哪儿放,吓得头上直冒冷汗。

　　袁局一看,站起来替老牛解围说:"同志们,老牛的的确确是我们局里的老黄牛,只会工作,不会喝酒。反正餐后你们要与老牛合影,到时候老牛是中心人物,照片一定要照出他这个省劳模的风采,当然咯,也要充分体现出我们全局干部虚心向老牛学习的精神状态。至于现在这酒嘛,我看就不要勉强他了!"

袁局长话音一落,众领导纷纷叫好,他们"宽宏大量"地撇开老牛,自个儿互相碰起杯来,一个个直喝得天旋地转。

这顿接风酒,一直喝到下午三点多钟才收席。接下来,这些大小领导便和老牛一起合影留念。一排蹲着主任、副主任,二排坐着局长、副局长,三排站着科长、副科长。拍照排座次向来是门挺讲究的学问,这回虽说老牛是中心人物,可实际上等于是一张官场集体照,论座次谁都"当仁不让"。老牛嫌这累心,左排右排,他索性自动去站在了最后一排最边上的位置。

好不容易把座次排定了,突然有人发现袁局长没了影子。一找,发现他躺在角落里的一个沙发上睡着了,浑身上下散发着一股浓浓的酒气。没有谁敢叫醒局长,也没有谁敢擅自离开,于是就只好等,喝茶的喝茶,聊天的聊天,打盹的打盹。

足足等了两个多小时,袁局长总算伸着懒腰从沙发上坐起来了,大家于是赶紧站位。第二排中间那个空着的位子自然是袁局长坐的了,也不用谁招呼,袁局长走过去,在椅子上坐了下来。

摄影师是特地从当地一家知名照相馆请来的,早已等得不耐烦了,袁局长说了一声"照吧",只听"咔嚓、咔嚓"两声,拍照的程序就结束了。

第二天,照片送到局里,很快就被装入镜框,悬挂在迎门最显眼的位置。照片上端注着:局机关全体领导和省劳模牛田富同志合影留念。不过让人看不懂的是:照片上的人都很快在那里找到了自己的尊容,可独独不见老牛。

"老牛,这么多领导和你合影,怎么就不见你呢?"

老牛憨厚地笑着,解释说:"拍照的时候,摄影师让我帮他打灯光哩!"

(冯士清)

(题图:李　加)

非常目的

县医院这天住进来一个中年胖子，患的是脑血栓。送他来的是个年轻人，忙前忙后没一刻停过，等到把一切都安排妥当，他才顾得上抹去头上的汗水。

临走前，年轻人悄悄问医生："他这病，能治吗？"

医生点点头，说："我们会尽一切努力治好他的病，目前来看，应该有这个可能。"

谁知那年轻人一听急了，拉着医生说："那就坏了，医生，求求你，千万别把他治好，最好让他的两只手动不了才好。"

"你……"医生以为青年人这是在拿他开涮，瞪了他一眼，不高兴地走了。

没过一会，有人来探望中年胖子。临走前，他也悄悄问医生:"他这病,能治吗?"

医生说:"我们会尽力的,请你放心。"

谁知他竟也像那个年轻人一样,对医生说:"这我就放不下心了!"他四下里看看,悄悄往医生手里塞钱,"请你帮帮忙,就让他保持现在这个样子,就是治好别处,也要让他这双手不能动!"

"真是莫名其妙!"医生挺生气,立刻把他赶出了医院。

可奇怪的是,一连几天,这个中年胖子每天都有人来探望,但他们临走前居然会不约而同地找医生提出同样的要求,医生心中不由起了大大的疑团。

一个星期后,中年胖子的病情开始明显好转,说话也比以前流利了。医生于是便旁敲侧击地问他:"咳,来看你的人真不少,你……是搞什么工作的?"

中年胖子鼻子里"哼"了一声,粗着嗓门得意地说:"他们谁敢不拍我的马屁? 我是电业所所长,只要我的手上下一动,电闸一拉,他们的生意买卖全他妈抓瞎!"

"喔!"医生这才恍然大悟,明白探视者为什么会提那些奇怪的要求了。

(刘六良)

(题图:李 加)

仍然烦恼

　　一个搞建筑工程的老板和一个电子专家,曾经是大学里的同学,这天他们在酒吧里不期而遇,一看对方都是愁眉苦脸的样子,于是便坐到一起,互相倾诉起自己的烦恼事来。

　　建筑老板说:“我为了承包一个建筑项目,已经向主管局长送了十万块钱的礼,可到现在他还没答应把工程给我。”

　　电子专家说:“我花了三年时间研制出一种能让别人受控于我的仪器,可现在仪器研制出来后,却找不到对象来做试验。”

　　建筑老板对电子专家的话很不相信:“你别糊我,只有人控制仪器,哪听说过人被仪器控制的?”

　　电子专家见建筑老板不信,便拿出一个带显示屏的遥控器和一个米粒大小的金属片,给建筑老板解释说:“这小米粒其实是一个高智能机器人,只要吞进人的肚子里,我就可以通过遥控器向它发出指令,它就会碰撞人的胃壁,使人产生痛感。要想解除痛苦,就得听命于仪器的操纵,这跟孙悟空向铁扇公主借芭蕉扇的道理是一样的,我曾经在一只非常凶狠的大狼狗身上做过试验,它被我折腾得服服帖帖。现在就差在人身上做试验了!"

建筑老板虽然对电子专家的话将信将疑,但他灵机一动便兴奋起来,对电子专家说:"我有个主意,我们可以找那个主管局长来做试验。如果成功的话,就可以让局长乖乖地将工程给我,而你呢,试验的问题也解决了,我们的烦恼不就都没有了?"

电子专家一听,也兴奋起来:"这倒真是个好主意! 要不,我们请他吃顿饭,把这玩意儿掺和在饭菜里让他吃下去?"

"没问题,这家伙我知道,平时就爱吃,一请准到。"

于是第二天两人请局长吃饭,果真将小米粒藏在菜里"孝敬"给了局长。眼看着局长将它吃进了肚子里,两个人兴奋不已,立即借口起身去洗手间。

建筑老板迫不及待地对电子专家嚷嚷:"快发指令吧,这王八蛋再不将工程给我,我就要让他活活痛死。"

电子专家果断地拿出遥控器,按下了指令键。

随后,两个人从洗手间里悄悄探出身来,想看看局长痛苦到了什么程度,可奇怪的是局长仍坐在那里狼吞虎咽地大吃大嚼,脸上什么痛苦表情也没有。建筑老板回过头,用怀疑的眼光看着电子专家,电子专家不免尴尬起来:怎么会呢? 在狼狗身上试验,效果不是很好吗? 怎么到了这个人身上丝毫不起作用?"

电子专家疑惑地低头看看遥控器,谁知这时候遥控器的显示屏上出现了一行字,那是小米粒反馈回来的信息:此公胃口太大,尚未找到胃壁。现仍在探寻中,请等待……

十分钟后,显示屏再次显示:仍未找到胃壁,探寻失败,抱歉!

(方冠晴) (题图:李 加)

官道疏通

　　自来水公司裁员,王成下岗了,他于是顺水推舟在小区附近租了个门面,一张桌子、一部电话,办起了一家小小的服务公司,专门帮人疏通水管。可是想不到开业第一天,这家小小的服务公司就发生了一件奇怪的事儿。

　　那是中午吃饭的时候,电话铃突然响了,王成非常激动,以为是第一笔生意来了。可拿起电话,对方连招呼都不打一声,上来就问:"你真的有把握?"

　　王成听了有点不高兴:这不是小瞧人吗?疏通水管这活儿下岗前自己少说也干了十多年。不过王成还是耐着性子向对方保证:"这点您百分之百可以放心,这活儿我做得多了。"对方一听,问了他家的详细地址后,说声"日后请多多关照",就把电话挂了。

王成猜想这家伙八成是打错电话了,干活就干活,有什么可关照的,谁家的水管还能老坏?

可是当晚他和老婆刚刚睡下,就听有人敲门,他挺纳闷:这么晚了谁会来?起身开门,还没来得及看清对方是谁,人家就塞给他一个纸包,说"这是定金,事成之后一定重酬",然后就匆匆走了。

王成被搞得莫名其妙,回进里屋打开纸包,惊呆了:里面竟是一叠叠百元大钞,还有一张打印的纸条,上面写着一个人的名字、工作单位和联系电话。王成不知道自己惹上了什么事,顿时吓出一身冷汗,决定先把纸包原样包好,藏到床底下再说。

这一夜,他们夫妻俩根本睡不着觉,满脑子都是问号,商量来商量去,觉得还是应该去派出所报案。第二天一大早,夫妻俩就起了床,王成早饭也没心思吃,拔脚就往派出所跑。

半路上,他无意间一瞥眼,瞧见路边电线杆上贴着一张巴掌大的广告:官道疏通,专业水平,先疏通,后付钱;联系电话:22973264。

这不正是自己服务公司的电话吗?细细一想,王成茅塞顿开,昨晚的古怪事找到了答案。原来问题就出在这张广告上!广告是开业时老婆叫人帮忙打印了贴出去的,一千多张呢,可是上面把"管道"误写成了"官道"!

(龙景荣)

(**题图:**李　加)

我要当局长

　　张局长有个五岁的儿子,叫熊熊,张局长十分宠爱他,无论什么应酬,都带在身边。

　　这天是礼拜天,张局长和高秘书、小刘、老王等几个正在办公室里打麻将,熊熊手里拿着一把钱,挨着他爸爸站着,俨然像个小管家。

　　一旁的高秘书逗熊熊说:"熊熊,长大了想干啥呀?"

　　熊熊脑袋歪了歪,说:"我要当局长!"

　　高秘书一愣:"好大的口气!你知道局长咋个当法?"

　　熊熊满不在乎地说:"那还不是小菜一碟!"

　　高秘书不禁好奇:"那你给叔叔表演一个,好吗?"

　　熊熊一听,立刻来了劲,把手里的钱往张局长面前一放,一把端过张局长的茶杯。

于是,小刘和老王也把手里的牌停了下来,都想看看这个五岁的孩子怎么扮演局长。

只见熊熊煞有介事地迈着小八字步,走到张局长的那张办公桌旁坐下来,把手里的杯子往桌子上一放,吩咐高秘书:"沏龙井,拿大中华。"

高秘书忍住笑,连忙站起来,装模作样地给熊熊沏茶拿烟。

熊熊像模像样地喝了一口,说:"小刘,中午老地方,打个电话叫一下赵科,那个谁……就别叫了,打牌水平太臭。"

熊熊这边说,那边牌桌上的小刘直笑得前俯后仰。

他还没笑停哩,只听熊熊又喊道:"小姐,可以上菜了。"一会儿又喊:"小姐,把这撤了,上西瓜。"

熊熊这番表演,把大家笑得眼泪都喷出来了。

张局长走过去,疼爱地摸摸熊熊的头,问他:"局长要主持会议,还要在会上讲话,这咋办?"

熊熊脑袋一歪:"那更简单!高秘书,明天上午八点钟开会,你准备个讲话稿,不要太长,够讲两个小时就行……"

熊熊说到这里,大家全都笑得直不起腰来。

张局长高兴得一把抱过熊熊,亲了又亲,说:"乖儿子,你真是生就当局长的料呀!"

(李惠敏)

(题图:李 加)

酒醉程度

　　这天局长喝醉了,在家里酣睡。秘书急了,问局长夫人:"嫂子,局长下午能不能参加会议? 他还要作报告呢! 通知都发出去了。"

　　夫人说:"这要看局长酒醉的程度。"

　　正说这话的时候,只见局长醉醺醺地抓着夫人直往她身上摸:"小姐,你的大腿好白呀!"一只大手又在夫人胸前抹:"你好正点呀,来了四川妹,不想回家睡,来,陪我再唱支'等到那太阳落西山沟,让你亲个够'!"

　　夫人一把甩开局长的手,对秘书说:"你看,醉厉害了,酒醉程度:晕度!"

　　过了一会儿,只听局长又咕咕哝哝地说:"你的事情我记在心上了,咱们是啥关系呀,不过还需要研究研究,你等着,啊?"

夫人松了一口气,对秘书说:"现在中度,情况好转,正在慢慢清醒。"

秘书喜出望外,对夫人说:"嫂子真是心理专家啊!"

又过了一会儿,局长翻了一个身:"老婆,没酱油了? 好,油盐酱醋我让司机各送一箱来,开张发票不就成了?"

夫人一听,立刻对秘书说:"快了,不出一刻钟他就能醒过来。"

果然,片刻过后,只见局长伸了个懒腰,打了个长长的呵欠,嘴里嘀嘀咕咕着:"老婆,你看中哪件衣服了? 下个星期天我陪你去买。今天太忙,实在是没空,对不起啊!"

夫人朝秘书一撇嘴:"得了,想着怎么糊弄我了,说明酒劲儿消九成了,马上要醒了。放心吧,下午的会没问题。"

又过了片刻,只听得局长咽了咽唾沫,润了润喉咙,字正腔圆地说了起来:"同志们,我们一定要认真学习领会上级指示的精神,做一个廉政勤政的好干部。好了,现在散会!"

随着一声长长的呵欠,局长终于悠悠醒转过来,见秘书正站在床边,马上喝道:"备车!"

(鲁　钊)

(题图:李　加)

各显神通

太行山有个叫水潭的小山村,山清水秀,环境幽雅,美中不足的是常常刮大风。那风一刮起来,能将足球般大小的石头给吹到天上。所以,村里家家户户都供奉神仙,祈求神仙保佑平安。

省城有个叫王大壮的款爷,迷上了这儿的风景,在村里买下一块地皮,盖了一幢小别墅,别墅一盖好,就迫不及待地搬了过来。他知道这儿有敬神避风灾的习俗,所以特地在屋里设了关老爷的神位,关老爷力大无比嘛!可三天后的一场大风,把王大壮的别墅砸了个大洞不说,还把别墅四周的围墙吹倒了。

看看周围邻居的房子,王大壮不禁纳闷起来:同样一场大风,张三家只被吹掉几块玻璃,李四家只被吹落几片瓦,而马五家竟然毫发无损。这是怎么回事呢?王大壮决定去几位邻居家问个明白。

他先来到张三家,开门见山问:"张三老兄,我也敬神呀,为啥不管用呢?"看到新邻居愁眉苦脸的样子,张三没有直接回答,而是问他:"你敬的是哪位神仙呀?"王大壮说:"我敬的是关老爷呗!""我说呢! 来来来,"张三一把拉起王大壮,走进里屋,"你看看,我敬的是谁!"王大壮定睛一看,张三敬的是财神爷。难道关老爷的力气还比不过财神爷?

看到王大壮有些困惑不解,张三就启发他道:"你咋连这个道理都不懂呢? 你没听说过吗? 有钱能使鬼推磨,天上也不例外呀! 今儿这风吹掉了我几块玻璃,可能是财神爷嫌我上次给的供品太少,教训教训我,看来下次我还得多上些供喽!"

王大壮一拍脑门:我怎么没想到这个呢? 由此想来,李四家敬的一定是玉皇大帝、如来佛之类的掌权派啦,权能生钱嘛!

可谁知王大壮来到李四家一看,李四供奉的竟然是王母娘娘。李四说:"领导的枕边风能不厉害? 今儿这场大风,定是天界各路神仙前来参观,风婆做做样子,所以才吹落我家几片瓦。"

从李四家出来,王大壮真不敢再猜马五家敬的是哪路神仙,连"枕边风"招儿都用上了,谁知道还有没有比这更厉害的?

王大壮到了马五家,把来由一说,没想这个马五却故意给他卖起了关子,非叫他请客不可,不然就不告诉他。王大壮想想以后自己要在这儿长住,家里供奉的神仙可一定得找准了,所以只好掏出两张"老人头"来。得了钱,马五便不再卖关子,领着王大壮来到自己供奉的神位前。

王大壮一看,真是打死他都想不到,马五敬的居然是嫦娥! 他傻呆呆地愣住了。马五看他这呆样,推推他,凑到耳边对他说:"恐怕你还不知道吧,嫦娥是玉皇大帝包养的二奶……"

(丘不让)

(题图:李 加)

最

后

一

招

李总最近为行车安全的事情烦心透了!

前两天,他的老司机退休了,新聘了一个,上岗没几天就出了事故,强行超车追了一辆大客车的尾,李总的头撞破挡风玻璃,弄了个五花脸,八成新的"奥迪"比主人还惨,被撞得"嘴斜眼歪"。李总一怒之下炒了司机的鱿鱼,随后就换了辆"本田"车,换了个司机。可谁知这司机更牛,喝点儿小酒之后把油门当刹车,竟把车开上了交警当街指挥站立的"安全岛"。

李总气得脸色铁青,把招来这些蠢货司机的办公室主任骂了个狗血喷头,说:"你小子是想谋杀我呀? 给你两天时间,赶快给我找一个靠得住的司机来。"

办公室主任诚惶诚恐,不敢再有丝毫怠慢,想方设法高薪聘请了一位安全行车二十年的优秀司机,为李总驾驭新换的"大奔"。果然,这个司机经验丰富,技术娴熟,而且严守交通规则,一段时间用下来,李总很满意。

可是,再好的司机也只能管住自己的车啊,别人的车咋管?先是一辆出租车扫了李总大奔的车尾,撞碎了一个尾灯。刚修好不久,大奔停在路边根本没动,一辆左摇右摆的"桑塔纳"愣是瞪着眼睛就过来"亲"大奔一口,把大奔的"左肩"给咬得"皮开肉绽"。最可怕的一次是,大奔正行驶在立交桥上,一辆不识路标走错道的"宝马"竟毫不减速,牛烘烘地从单行线逆向冲过来,要不是李总的司机反应快、技术高,李总肯定车毁人亡。

李总实在想不明白:孬司机不行,可换了好司机还不行,你不撞他,他找上来撞你,这都怎么了?办公室主任给他解释说:"现在日子过好了,街上私人车越来越多,那些驾驶员培训学校就趁机大搞速成培训,弄得没经过严格培训的半吊子司机满街都是,他们技术不咋的,可胆子却特大,让人防不胜防啊!"

这下李总为难了:自己总得出门呀,老这么提心吊胆可不是个事。他绞尽脑汁,办法还真让他给想出来了。

这天晚上,他去拜访一个在部队当师长的老朋友,老朋友问他:"李兄,你是个大忙人,今天不会是专门来找我聊家常的吧?"

李总苦笑着点点头,说:"你猜得没错,我是遇到难处了,想来想去也只有你这个师长能帮我的忙。"朋友一听笑了:"你财大气粗,还能有什么解决不了的事?"李总愁得直摇头:"非你不可,非你不可啊!"朋友被他说迷糊了:"快说,啥事?"

李总用手往窗外一指:"我想求你把部队淘汰下来的退役装甲车给我一辆,我不白要,拿我的大奔换,你看行不?"

(李 末)

(题图:李 加)

抽象的花卷

　　有个卖花卷的,做的花卷味道好、分量足,可是生意却清淡得很。为啥? 他有个毛病,花卷做好后直接从面案子上往蒸笼里扔,这一扔,那花卷长什么样就可想而知了。因为样子难看,所以买者寥寥。卖花卷的很想不通:花卷是吃的,终归要落进肚里,味道好就行,要长相好干什么? 所以觉得很委屈。

　　有一天,一个从省城回来的打工仔路过这儿,在他的摊位前转了三圈,没头没脑地说了一句:"你这花卷,到省城广场上去一定好卖。"他以为人家这是在嘲笑他,可没想第二天又一个打工仔路过也这么说,他上去拖住人家一问,竟也是从省城来的。

　　有道是:佛争一炷香,人活一口气。卖花卷的心想:自己花卷做得这么好,在这儿却不受欢迎,那还死呆着干什么? 他当即收拾收拾去了省城,在广场边上找个地方摆起摊来。

广场上的游客一看,纷纷围上来问:"你这模型,多少钱一个?"

卖花卷的一听,心里非常激动:省里人就是文明哇!花卷不叫花卷,叫"馍行"!卖花卷的可有生意头脑了,立即笑呵呵地回答:"一块钱,一块钱一个!"要知道,这花卷原来只卖三毛钱一个。

"一块钱一个?便宜呀,给我来五个,回去送人。"游客中一个大高个嚷嚷着,高高兴兴地伸手把钱递过来,可谁知他接过花卷一看,却惊叫道:"闹了半天,原来是花卷呀!"

卖花卷的就奇了怪了:"不是花卷是什么?"

大高个手一指:"我还以为是那雕塑模型呢!"

卖花卷的顺着大高个手指的方向一看,嘻,广场中央果然竖着个雕塑,还真和自己花卷很像哩!怪不得人家叫他到这里来卖花卷,他忍不住笑出声来。

这卖花卷的脑子不慢,立刻顺着人家话尾调侃说:"是你自己弄错啦,那雕塑才是我这花卷的广告哩!"

傍晚游客不多的时候,卖花卷的瞅空跑到雕塑跟前去仔细打量,心里不由直嘀咕:"怎么这玩意儿居然真像极了自己的花卷?"只见雕塑旁边竖着块牌子,上面写着这个雕塑的名字:抽象。卖花卷的摸着脑袋想了半天,也没弄明白这"抽象"表示什么意思。

正好旁边有个老头在放风筝,卖花卷的拉住人家问:"大爷,这雕塑是什么意思?"

老头瞪他一眼:"你去问别人。"

一个年轻人正迎面走来,卖花卷的就又拉着人家问,不料这年轻人不由分说抓住他就是一顿暴打。

卖花卷的被打得鼻青脸肿,放风筝的老头却在旁边乐:"告诉你,我们这儿有句话:广场上的雕塑——鬼知道什么意思。所以你刚才问我们,就是在骂我们是鬼嘛,当然该挨揍了。嘿,我揍不动你,找个替代的。"

卖花卷的一听,心里那叫一个火大!可他转念一想:反正打也挨了,干脆就在这卖下去吧!他索性给自己花卷注册了一个商标:抽象牌花卷。你别说,生意还挺火,来广场游玩的人总会捎几个回去玩玩。

他家乡的人闻讯也来凑热闹,尽管卖花卷的给了他们优惠待遇,可他们还是嫉妒不已:不是一样的味儿嘛,咋到了省城就能卖高价呢?

(张东兴)

(题图:张　恢)

打架看报

　　李小阳是个宣传干事,这天在《中原日报》上看到一条新闻,说市里有一对小夫妻,为了争看《中原日报》大打出手,结果双方都挂彩送了医院。

　　李小阳觉得太奇怪了,因为《中原日报》大家都不喜欢看,每年订阅全靠强行摊派,这样一张报纸,现在居然有人为了看它打得头破血流,可能吗?李小阳决定去中原医院探个究竟,看看这条新闻到底是真是假。

　　他兴冲冲来到医院住院部,说要找那一对为争看《中原日报》打架的小夫妻。护士一听就笑了,很热心地指点他去那个病房。他走到病房门口一看,里面两张病床上,果然躺着一男一女两个人,男的耳朵上裹着纱布,脸上好像还有被掐的指甲印,女的乍看上去似乎没有什么伤势,可仔细一打量,她的头发明显疏密不均匀,一定是在打架时被拽下了不少。

李小阳走进病房,说明来意,小两口连连点头,挺爽快地说:"记者一点没有编造,咱们确实是为看《中原日报》打起来的。"

女的说:"我们为争看这张报纸打架已经不止一次了,只不过这次出手重,去了医院,被记者发现了。"

男的说:"对,我们每天都离不开这张报纸。可以说,没有《中原日报》,我们就不能健康地生活。"

李小阳越听越糊涂:这到底是怎么回事?

那女的看出了李小阳的疑惑,便解释道:"同志,我这个人有严重的失眠症,每天晚上安眠药一把一把地吃也不顶用。可有一次我看了张《中原日报》,奇怪了,一个版还没看完,眼皮就往下沉,刚看第二版,立刻呼呼大睡。就是从那一次开始,我养成了习惯,每天临睡前看五分钟《中原日报》,保证一觉睡到天亮。你说,我现在还离得开这张报纸吗? 他要和我抢,我能不急?"

原来是这么回事! 李小阳茅塞顿开。

他转而又问那男的:"莫非你也指望用它来催眠?"

男的摇摇头:"我哪会有什么失眠症? 可是我每天有应酬,在外面吃喝完了回家倒头就睡,结果落下一身肥肉,用了许多减肥方法都没有效果。就在我丧失信心的时候,是《中原日报》给了我福音。"

李小阳太好奇了:"《中原日报》跟减肥有什么关系?"

男的说:"关系大着呢!《中原日报》上都是大话、假话、空话、废话,一看就让人反胃,这一反胃,我吃下去的东西就全吐出来,再也不怕什么高血压、高血脂了。所以每天晚上,我都要坚持阅读《中原日报》,减轻肠胃的负担。你说,我哪能离开它呢?"

（杨　格）

（题图：李　加）

不服不行

王彪入狱前是个木匠,手艺很好。

这次监狱维修房屋,要在犯人中找一名木匠,稍微会点木工手艺的犯人都抢着报名。王彪对这些人根本不屑一顾:他们不是打架斗殴,就是小偷小摸,再不就是贪污腐败,哪能与我科班出身的相比? 这次入选的只能是我。

可王彪万万没有想到,最后入选的不是他,竟然是因受贿入狱的乔局长。

王彪不服气了:都是服刑的,也得讲个公平竞争呀!

他来到监狱管教队陈队长的办公室,说:"报告队长,我是正经做了七八年的老木匠,我的手艺怎么会不如他一个当局长的?"

陈队长哈哈一笑,说:"要论木工手艺,你还真不如他!"停了一下,又说,"我让你看一样东西,你就会服气了。"说完,他拿出一张报纸,指着上面一篇文章说,"你看看这个。"

王彪一看,这篇文章讲的是乔局长贪污受贿的案子,其中一段话让他大吃一惊,说的是办案人员从他家一只非常普通的沙发腿里搜出了一百多万元。乔局长交代,为了掩人耳目藏这些钱,他自己动手改装了这只沙发腿。

一百多万元放在一起到底有多少,王彪不知道,但他见过都是一百元一张面额叠在一起的,一万元可是厚厚一沓呀!一只沙发只有四条腿,竟然要放得下一百个"厚厚一沓",这手艺,了不得!

王彪不得不服:"队长,我……我没得话说!"

(刘凤东)

(**题图**:顾子易)